Alice au pays des femmes

DU MÊME AUTEUR
aux Editions Ramsay

Tant qu'il y aura des femmes
Les femmes préfèrent les femmes

Elula Perrin

Alice au pays des femmes

Editions Ramsay
27, rue de Fleurus - 75006 Paris

ISBN 2-85956-155-2

PREMIÈRE PARTIE

Paris, Isabelle et Cannes

1.

– Regarde comme nous sommes belles, mon amour.

Le goût de son sexe liquéfié, son odeur de santal, d'algues salées, ses plaintes douces et prolongées envahissaient à nouveau mes sens bouleversés... nous avions fait l'amour doucement à la lueur d'un sapin de Noël rutilant. Son visage, son corps harmonieux penchés sur moi dans la pénombre multicolore me caressaient des yeux, des lèvres, des mains; la grande glace de l'entrée reflétait à peine l'image merveilleuse de nos deux corps enlacés.

– Il faut que je te quitte mon amour, il est onze heures.

Rires, murmures, s'arracher à ses bras tièdes, à sa petite voix alanguie qui me demande de rester encore un peu, serrée contre elle. Mais cette nuit de fête se traduit pour moi par une longue et épuisante nuit de travail au Kat.

J'ai connu tant de femmes que l'on pourrait me croire blasée; pourtant, ces caresses, pourtant, ces mots, ont été prononcés il y a un an et leur souvenir est aussi vif que la douleur qui m'étreint maintenant.

Le sapin acheté il y a trois jours gît, nu, inutile, sur le balcon froid. Elle avait exigé un arbre véritable, elle ne voulait plus celui en plumes blanches qui avait illuminé nos trois Noëls précédents. J'avais passé ma vie, notre vie commune à prévenir et combler ses désirs.

Ce soir je suis seule devant la télévision que je ne regarde pas, les yeux brûlants d'avoir trop pleuré. Je m'accuse d'avoir tout détruit... mais est-ce vrai, n'est-ce pas plutôt elle qui m'a abandonnée, qui m'a quittée, reine vieillissante, désormais inquiète de mon corps, mal assurée de mes conquêtes... cette idée me fait mal et je ne me sens pas la force d'y faire face aujourd'hui, je l'enfouis au plus profond de moi-même; je sais cependant qu'il me faut apprendre à vivre avec lui, avec ce compagnon trop fidèle qui ne nous abandonnera jamais : l'âge. Il vient, je le vois sur mon corps, sur mon visage, je l'entends dans mon sang, il palpite dans mon ventre, il me dévore... le temps...

Isabelle, Isabelle, es-tu trop jeune, trop belle pour que je puisse te retenir ? Tu m'as aimée pourtant... Je suis Elula, Elula séductrice, Elula brillante, Elula nocturne, Elula la femme à femmes et je pleure, je pleure sur moi-même, sur toi qui m'as abandonnée, sur mes amies que j'inquiète, sur ma vie que je ne comprends plus...

Onze heures, je m'habille avec soin, avec trop de soin pour oublier mes larmes et ma douleur. Je me maquille avec application. C'est une corvée que je bâcle en général. Aussi, d'habitude, c'est elle qui me maquille pour les grands soirs, tandis que je reste assise sur le rebord de la baignoire, piaffant d'impatience; alors pour me distraire, je la prends par les hanches, je la caresse, je suis la courbe de ses seins, de son ventre, de ses fesses, mes doigts s'insinuent dans sa mousse noire et drue, je l'entends gronder :

— Arrête ! Je ne peux pas te maquiller si tu bouges comme ça tout le temps !

Ce soir le clown se maquillera tout seul devant son miroir. Je me regarde dans la glace : j'ai pleuré des heures et des heures, j'ai à peine dormi et pourtant mon visage tient encore le coup... Ça peut encore aller, je pense, je le veux, il le faut; je peux encore plaire, je le sais, je le lis souvent dans le regard des autres.

Hier je me sentais vieille, couverte de crachats, abandonnée, misérable. Maintenant je dois me relever, m'apprêter à nouveau à défier le ciel; ma peau est mate, fine et douce, les yeux noirs et brûlants, les épaules harmonieuses, les hanches rondes et désirables, les bras... les bras, un peu forts, oui... je n'ai plus 20 ans !

Hier on m'a traitée de vieille folle.

Ce soir, il faut que je redevienne moi-même.

Gimini, sale petit grillon qui campe dans un coin de ma tête, sous le pli de l'œil, qui ricane parfois :

— Tu n'en as plus pour longtemps, profite, profite !

Gimini, tu m'as eue, tu m'as joué un mauvais tour. J'ai voulu t'écouter. Cerf aux abois, j'ai cru en ton hallali. J'ai voulu courir encore, me prouver, prouver aux autres que je pouvais toujours plaire et séduire. Le résultat : des cendres, du sang et des larmes. Isabelle partie, Alice triomphant, mes amies troublées, sceptiques...

Onze heures et demie. Je quitte mon appartement avec appréhension, oppressée; je suis tentée de me mettre au fond du lit, ne plus rien savoir, me cacher, disparaître. Je pars pourtant faire face à la nuit. Il pleut sur Paris, je conduis lentement, derrière les vitres des voitures qui me croisent, j'aperçois des visages réjouis, ils me paraissent aussi bêtes que les klaxons et les lumières célébrant une fête qui a perdu son sens.

Le Katmandou. Je me gare. Je sonne.

Maryem, la portière sénégalaise, m'ouvre. Coiffure de réveillon, des dizaines de petites tresses auréolent son beau visage africain. Elle sourit, gênée :

– Joyeux Noël !

– Joyeux Noël !

Elle n'a pas osé ne pas prononcer cette phrase ridicule... Je lui tends mon manteau. Avec lui s'en vont la haine, le dégoût, la honte et le chagrin.

Je suis chez moi au club, je suis Elula la reine des lesbiennes de la nuit, Elula la patronne. Je puise des nouvelles forces dans cette vérité que je me répète en silence pour raffermir mon courage renaissant.

Le personnel m'est hostile ce soir. Il a fallu, en quelques heures, trouver une remplaçante à la fille que j'ai renvoyée. Remodeler à la va-vite toute l'organisation de la boîte un soir de réveillon ! Les filles m'en veulent je le sens, je le sais. Seule la disquaire est contente : c'est moi qui l'avais renvoyée il y a un an, c'est moi qui lui ai demandé ce matin de revenir en catastrophe. Encore une capitulation, encore une humiliation, mais au point où j'en suis...

Aimée vient vers moi. Aimée, la plus qu'aimée, mon ancien amour, ma sœur, mon associée, l'autre moi-même, si différente de moi et si complémentaire pourtant. Elle me serre dans ses bras.

– Vas-tu pouvoir tenir ? murmure-t-elle, le personnel est très monté contre toi.

– Je sais. Tant pis. Personne n'est indispensable et on vient de le prouver. Il n'y a que toi et moi de nécessaires ici !

Je l'ai dit assez haut pour être entendue de tout le monde. Mais si l'on gronde dans l'entrepont, je sais que la mutinerie n'éclatera pas ce soir; je me sens forte, mon malheur m'aidera à tenir le coup, il rend le monde dérisoire et les problèmes professionnels m'apparaissent mineurs. Je suis Elula, aimée, détestée, admirée, décriée. Je suis là, je suis prête, appuyée sur ma douleur, je peux jouer tous les rôles.

Premier coup de sonnette.

Première cliente.

– Joyeux Noël !

2.

Il y a sept mois, seulement sept mois, déjà sept mois, c'était l'été : le 13 juin, j'ouvrais une petite boîte à Cannes... Je ne suis pas superstitieuse. Pourquoi cette toquade ? J'ai largement de quoi vivre, mais j'avais eu envie de retrouver « mon » Midi, le soleil, la mer. J'avais tenu le *Yeti* à Saint-Tropez, quelques années durant, mais j'avais cessé par lassitude.

Cette année, la fringale du Midi m'avait reprise. Je cherchai donc un local et me décidai pour le *Jockey*, un bar américain avec une petite piste de danse, qui avait conservé le style « pute » du temps des beaux jours, lorsque l'escadre américaine faisait escale à Cannes. Malgré la cheminée où rougeoyaient de fausses bûches et les peintures chromos sur les murs de velours rouge, cela ferait un agréable repaire pour les lesbiennes de l'été 74.

Comme personnel, Joss, qui serait barmaid. Brune, assez jolie, cheveux très courts, yeux verts très vaches, elle ferait sûrement l'affaire.

Isabelle serait disquaire.

Isabelle c'est mon amour, c'est la fille que j'aime.

Je l'ai rencontrée au *Kat* il y a quatre ans. Une

cliente, ravissante, entr'aperçue un samedi soir en compagnie d'une vague connaissance...

Orchidée sauvage, teint mat, cascade de cheveux noirs, yeux noirs, le visage au dessin parfait, encore un peu enfantin, l'air farouche, elle semblait très amoureuse de son amie.

J'avais été, durant quelques mois, particulièrement attentionnée, gentille, aimable avec elles deux. Je ne cachais pas mon admiration pour cette fille dont j'ignorais tout. Je sais mal dissimuler mes sentiments et le faisais d'autant plus à l'aise qu'il ne rentrait, dans mon hommage, aucun désir de la séduire. Elle était accompagnée et je n'ai pas l'habitude de chasser dans le territoire des autres.

Un jour, son amie m'annonça qu'elle partait s'installer définitivement au Brésil :

– Tu pars avec ta belle amie ?

– Non. Elle reste à Paris.

– Alors, je te préviens, si elle revient au club, je lui ferai la cour et tenterai ma chance...

Elle haussa les épaules, fataliste :

– Elle fera ce qu'elle voudra...

En réalité, elle prévint la ravissante :

– Ne remets jamais les pieds dans cette boîte. Je te le conseille. Elula est une espèce de femme fatale. Elle va coucher avec toi et te laissera tomber.

J'ai vraiment bonne réputation !

La petite fille résista deux mois au désir de revenir au milieu de nous. La femme avec qui je l'avais rencontrée avait été sa première aventure de lesbienne. Avant elle, deux hommes, pas des gamins, des trentenaires, qui avaient bien peu marqué son cœur et son corps; avec eux, elle s'était contentée de jouer, capricieuse, adulée, sûre de son pouvoir, tirant les ficelles de ces deux pantins dont elle s'était vite lassée.

Un jour enfin, au bout de la nuit, je la vis apparaître...

Elle se tapit, effarouchée, intimidée, au coin du bar. Elle portait une jupe longue en lothard bleu délavé, un dos nu qui dévoilait indécemment sa peau dorée, satinée, une casquette de même toile légère où elle avait enfoui ses longs cheveux.

Je m'approchai d'elle aussitôt, et tins parole. Je lui fis une cour gentille, sans agressivité, en demi-teintes douces, en sourires et en regards, sans gestes, sans ces pressions et ces manipulations que les hommes – et quelques femmes – prennent pour de la bonne stratégie.

Je ne quittai guère le coin du bar où elle s'était réfugiée. Et je ne fus pas la seule... Il y eut une grande effervescence autour d'elle. Pascale, ma jolie barmaid, tentait sa chance, Jean, un charmant petit copain, et une ou deux clientes...

Nous n'étions plus qu'attentions, regards – francs ou dérobés – sourires, gentillesses...

Elle répond légèrement, intimidée, sauvage, elle ne sait pas encore utiliser son charme, sans doute n'a-t-elle pas tout à fait conscience de sa beauté, de l'effet qu'elle provoque sur nous tous. C'est un merveilleux oiseau auquel il faut apprendre à déployer ses ailes.

– Vous dansez ?

Elle est un peu raide et ne se laisse pas facilement conduire. Comme toutes les jeunes de sa génération, habituées à danser seules sur des musiques violentes, elle accorde mieux ses mouvements au rythme qu'au corps de sa partenaire. Je la tiens contre moi, mais je ne l'investis pas, je la sens, je l'effleure. Je n'ose lui dévoiler ouvertement mon attirance. Chaque fois qu'une femme me plaît, je deviens timide, je dis des banalités, ou bien, funambule, je jongle avec les mots, essayant de la faire rire pour mieux cacher ma gêne, ma crainte d'être repoussée.

Je ramène celle que je ne sais pas encore s'appeler Isabelle au bar où tous s'empressent autour d'elle. Je déteste la compétition, mais ce soir-là, terriblement séduite, j'accepte même d'être un simple numéro de loterie. La première, je l'invitai à dîner pour le lendemain. J'avais un court avantage sur mes concurrents puisque la belle accepta les invitations à dîner de tout le monde...

Je vivais encore avec Aimée. Notre tendresse restait entière, mais depuis que j'avais failli la quitter pour Léa, ma belle comédienne, quelque chose avait cessé d'exister entre nous.

Je l'avais trompée, elle savait que cela pouvait se répéter. Et je savais qu'elle le savait.

Isabelle ressemblait à Léa, moins femme peut-être, moins épanouie, moins sûre d'elle et de sa beauté. Je penchais à nouveau vers les lianes brunes, longues et féminines, vers cette figure que je poursuis depuis vingt ans, vers cette image de la femme avec qui je découvris l'amour, et qui avait nom Maïna.

Je me garai difficilement dans le quartier de l'Opéra. Isabelle m'avait donné rendez-vous au *Drugstore* à l'heure de pointe ! Je rêvais pour cette première rencontre d'un lieu joyeux et léger; me voici parmi les visages grossiers, violemment éclairés, dans la hâte, la hargne, l'avidité, le désarroi. Je craignais soudain de ne pas la reconnaître, et n'aurais-je pas ce choc que l'on a parfois lorsqu'on revoit de jour certains visages aperçus dans la nuit ? Il est de mes clientes, blêmes et livides que je ne reconnais pas dans la journée : êtres de la nuit, il s'épanouissent seulement dans l'ombre nocturne et la lumière douce qui pardonne et efface beaucoup.

Je flâne parmi les rayons, apparemment distraite, au fond, troublée, inquiète, je me compose une attitude, consciente du moindre de mes gestes, du moindre regard des autres. Elle arrive dans un drôle de ciré jaune criard, elle me sourit comme une enfant. Je l'emmène dîner. Auberge pédérastique, intime, retirée, où deux femmes qui se regardent trop intensément et dont les mains se caressent n'attirent ni l'attention ni l'anathème. Nous parlons peu, et fort mal.

Je me sens bête, intimidée. Sa beauté m'effraie. Je cherche des prétextes. Je m'entends, presque surprise, poser des questions idiotes.

– Cette bague... I.A.... pourquoi ?

– Ce sont mes initiales.

– Vous m'avez dit vous appeler Nathalie...

– Non, je m'appelle... Isabelle.

– Pourquoi un surnom alors ? Isabelle, c'est très beau. C'est même le plus beau prénom pour une femme, avec Eve. Il enferme en lui seul, déjà, toute votre beauté... Belle... Belle... Isabelle... mais on a déjà dû vous le dire mille fois.

Ce piètre jeu de mots jailli spontanément me fait un peu honte... Elle sourit. Elle me pardonne.

– Je viens dans votre boîte en cachette de ma mère, alors je change de nom pour ne pas être reconnue...

Stratagème enfantin et dérisoire qui m'attendrit.

Peut-être ne suis-je pas encore amoureuse d'elle, mais seulement attirée, séduite, aspirée. Faire l'amour ? Sûrement, mais sans doute pas aujourd'hui (j'ai malgré tout, don Juane expérimentée, pris des dispositions en ce sens). Demain, dans quelques jours, qui sait ? Je ne suis pas pressée. Comme la plupart des femmes, l'idée de faire l'amour ici et maintenant, dès la première rencontre, n'a rien pour me plaire.

Pudibonde, je refuse d'y penser; pudique, je refuse de le faire. C'est du moins ce que je me suis toujours dit et que je me dis encore lorsque je lui propose après dîner d'aller chez une amie qui m'a laissé la clef de son appartement. Le prétexte ? Une émission de télévision qu'elle a réalisée et que je dois voir absolument, elle y tient. Mon poste est en panne et elle, partie en voyage...

Cette proposition n'est même pas un mensonge, un simple prétexte; en effet, je pense, bien sûr, qu'en montant avec Isabelle dans un appartement vide, je nous donne la possibilité de faire l'amour, mais d'une certaine manière je sais que je ne le veux pas vraiment, que je pourrais m'en passer.

Je tâtonne dans ce lieu que je connais mal. Je suis gênée, je me fais l'effet d'un méchant loup séduisant une proie fraîche et ingénue pour mieux la dévorer. Peut-être, ne puis-je m'empêcher de penser, croit-elle que je vais lui sauter dessus, la sauter tout court, à la hussarde, sur le bord du lit. Je voudrais qu'elle me connaisse, qu'elle sache que je n'aime que la lenteur, la douceur, la rencontre harmonieuse et feutrée des deux corps frémissant de désir. Je règle la télévision, l'esprit ailleurs, émue, je m'embrouille dans les touches, trébuche sur le tapis. Enfin, l'image. Sagement, nous nous installons.

Elle a gardé son drôle de ciré. Soudain elle se lève, elle commence à l'ôter, il crisse, craque. Un choc, elle porte un short jaune minuscule et des cuissardes en cuir noir qui montent jusqu'à la naissance d'une cuisse parfaitement dessinée, lisse et dorée. Les seuls hommes qui parfois retiennent mon regard et éveillent mon désir, ce sont les égoutiers au pas lourd et maladroit qui surgissent soudain d'une bouche béante du trottoir ou ces pêcheurs de truites qui remontent lentement le courant d'une rivière peu profonde et agitée : ce sont leurs bottes hautes qui à mes yeux les transforment, cessant d'être pour moi des hommes, leur image me trouble. J'ai souvent rêvé de voir la femme aimée, les jambes moulées dans ces longues cuissardes; et voilà qu'elle se dresse enfin devant moi, splendide, telle que je l'avais de tout temps imaginée. Je restai sans voix, la gorge sèche, affolée, désirante et silencieuse.

Isabelle s'allonge à demi sur le lit qui fait face au poste de télévision et sur lequel je suis assise; appuyée sur un coude, le torse ployé, elle installe simplement ses jambes contre mes reins. Je suis paniquée, j'ai beau avoir connu mille femmes, commencer les gestes amoureux m'a toujours embarrassée. Mes mains sont gauches, elles tremblent légèrement. J'hésite, je doute. Et si elle me repoussait, si elle s'en indignait ? Questions stupides qui m'assaillent à chaque fois. Pourtant, bien peu de femmes ont repoussé mes mains trop hardies, dans ma vie chatoyante de femmes-passion, de femmes-désir, de femmes-amour. Mais pourquoi, pourquoi cette panique, chaque fois et toujours, ce trac qui me paralyse le corps et l'âme à l'approche d'une femme inconnue; mystère qui me bouleverse cœur et sens, merveille, miracle éblouissant de mon désir à chaque fois renouvelé.

L'émission est quelconque et je ne la regarde pas malgré l'attention feinte que je lui porte. Avec maladresse, je lève ma main et la pose trop brusquement sur sa hanche. Ce premier contact me calme. Je retrouve ma douceur pour lui caresser la cuisse. Elle reste immobile, apparemment absente, presque figée, fascinée par l'écran de télévision où se succèdent des images qui n'ont plus de sens. Je me penche et laisse traîner mes lèvres sur sa peau jusqu'à ce que le cuir noir de la botte arrête ma bouche. Je me soulève, me retourne, prend sa nuque légère entre mes deux mains; l'une descend sur le cou, l'autre caresse les cheveux. Je la sens frémir. N'aie pas peur, petite fille, je ne désire rien de plus que ce que tu me laisseras prendre. Mes lèvres découvrent son oreille, ses cheveux recouvrent mon visage; son parfum est trop violent, trop musqué, trop femme pour sa fraîcheur. Elle est toujours immobile, je l'allonge sur le lit, penchée sur elle, je murmure :

— N'ayez pas peur de moi.

Pourquoi cette phrase idiote ? Elle n'est pas pucelle, elle a accepté de monter avec moi dans un appartement inconnu... Précisément, je n'arrive pas à voir les choses de cette façon ! Cela peut paraître paradoxal, mais malgré les apparences je ne suis que tendresse à cet instant.

Je veux la faire venir à moi lentement, sentir nos cœurs et nos ventres à l'unisson, je veux goûter nos désirs, franchir harmonieusement le seuil de notre lien, connaître à nouveau et pleinement le vertige de la découverte d'un corps neuf, d'une fleur nouvelle.

Sera-t-elle voluptueuse ou timide, pudique, économe, excessive ou vibrante ? Quel goût aura sa peau ? Quel goût auront ses lèvres ? Cette attente me fascine, ce mystère m'inquiète et m'émeut.

Allongée auprès d'Isabelle je promène mes lèvres sur son front, sur ses paupières, sur les ailes de son nez, je cherche à la sentir, je reconnais ses traits, j'embrasse ses formes. Elle ne dit rien, elle se laisse faire, le visage fermé, les yeux clos. Ma main cherche la sienne, la trouve et la serre. Elle réagit à peine, tressaille un instant quand mes lèvres se posent brièvement sur les siennes. Je reviens doucement, elle répond enfin par une douce pression.

On ne redira jamais assez l'émotion d'un premier baiser. Ce moment où, s'entrouvrant, deux bouches se découvrent, se livrent l'une à l'autre, lorsque la langue soudain palpite à l'intérieur de soi, chair à vif, chair vivante et humide à la saveur inconnue. J'ai toujours tenu cet instant pour décisif, il est à mes yeux plus important même que la découverte d'un nouveau sexe. Des lèvres qui s'écartent, des bouches qui se laissent envahir, c'est se donner entière, le corps ne fera que suivre, les salives mêlées du premier baiser, c'est déjà l'enfantement de la première étreinte.

Il y a des bouches que l'on n'aimera jamais, et j'ai parfois stoppé des idylles naissantes après une rencontre désastreuse avec des lèvres ennemies, des baisers trop brutaux ou trop inertes, trop agités ou trop maladroits.

Il est des éducations que l'on ne peut pas refaire et le baiser est de celles-là.

A part quelques attardées dans mon genre qui ont embrassé pour la première fois à dix-huit ans, on commence assez jeune... De baisers maladroits en baisers volés, de cinéma en siège de voiture, on arrive à vingt ans avec des habitudes déjà très marquées. On révèle souvent dans un baiser toute sa personnalité, toute sa sexualité.

Embrassez une femme et vous saurez comment elle se comporte en toutes choses.

Je dis une femme, et non un être humain ? C'est que les hommes, paraît-il, embrassent si peu et si différemment de nous, que nous ne parlons peut-être pas de la même chose... Pour nous, pour moi, le baiser est sacré.

Isabelle, petite Isabelle, ta bouche est chaude, passionnée, ton baiser un peu brutal mais je te contrôle, je t'apaise, je te radoucis.

Bientôt, nous ferons l'amour. Je sais que nous le ferons mal car je serai gênée, maladroite. Je sais, ayant beaucoup vécu, que je ne fais bien l'amour la première fois qu'avec une femme que je n'aime pas; je n'ai alors aucune gêne, aucune crainte, aucun tabou, nul interdit, je me dénude moralement pour mieux offrir mon corps au plaisir. Je montre ce dont j'ai envie, je le demande sans vergogne, sans pudeur, et je jouis. Mais je ne puis jouir ainsi, tout de suite, qu'avec une partenaire d'occasion, simple figure plaisante à laquelle aucune passion ne me lie.

Isabelle, laisse-moi apprendre seule comment t'aimer, comment te faire atteindre le plaisir. Surtout, mon amour, ne me dis rien. Les mots trahissent, laisse-moi apprendre ton corps, laisse-moi te découvrir, toi qui es presque nue, déjà, contre moi. Laisse-moi trouver les gestes, laisse-moi inventer la caresse idéale qui te ravira, qui te rendra mienne comme tu ne l'as jamais été avec une autre avant moi...

A chaque fois j'ai tout à apprendre et tout à découvrir; tout à apporter et tout à offrir à chaque fois, mon Isabelle, ce fut l'éblouissement, je ne te le cache pas. Mais je l'ai oublié. Je les ai toutes oubliées pour venir vers toi, je ne veux pas penser qu'un jour peut-être, toi aussi je t'oublierai dans d'autres bras, contre un autre cœur. Pour l'heure, pour l'éternité, il n'y a que toi, il n'y a jamais eu que toi.

3.

L'adultère est une situation que je déteste. Les mensonges, les stratagèmes, les alibis, les secrets, les prétextes, tout ce qui passe pour être le piment des liaisons clandestines me fait très sincèrement horreur. Que celle ou celui qui n'a pas péché jette la première pierre... Il m'est bien sûr arrivé de tromper ma compagne, mais je l'ai toujours fait contre moi-même, intérieurement révoltée car je n'aime que le grand jour, je ne crois qu'à la transparence. Très vite j'essaie de tirer les choses au clair, et si je suis vraiment éprise, je choisis de rompre et, dans la mesure du possible je le fais sans violence, je respecte trop la douleur de l'autre pour ne pas vouloir la lui rendre plus facile à surmonter. Ainsi je décidai de prendre mon temps avec Aimée, il fallait m'assurer d'abord que j'étais vraiment amoureuse d'Isabelle et tenter ensuite de me séparer doucement, avec tendresse et amitié, de celle qui était ma compagne depuis longtemps.

Avec dégoût, mais passion, je m'installai dans l'adultère. Quand le soir venu, Aimée partait ouvrir son restaurant, je me hâtais vers le lieu de mes amours clandestines, vers cet appartement qui avait vu nos premières caresses et nos premiers émois. Je prenais le vieil ascenseur poussif qui, après maints craquements et vibrations inquiétants, me déposait sur le palier de l'étage où Isabelle m'attendait souriante, assise sur la dernière marche de l'escalier. La propriétaire des lieux, très souvent en déplacement, m'avait, complice, laissé sa clef en permanence. La plupart du temps, Isabelle et moi pénétrions dans un océan de poussière où se dressaient, tels des fantômes, des meubles laqués recouverts d'une pellicule grise et légère que le moindre de nos mouvements soulevait en tourbillons ! Peu nous importait l'état des lieux, nous n'avions ni le temps ni l'envie de jouer les fées du logis. Tel était le décor de nos premières caresses, tel nous l'aimions, et sans nous soucier des « moutons » qui roulaient sous nos pieds, ni de la poussière qui voletait, nous nous jetions affolées de désir sur le lit froissé par nos ébats précédents et nous nous aimions, nous nous aimions...

Nous prenions ensemble une douche hâtive avant que je ne parte travailler; les lèvres gonflées de baisers, les corps encore soûls de plaisir, nous quittions le palais enchanté; dans l'étroit ascenseur, collées l'une à l'autre pour mieux retenir nos odeurs et conserver le souvenir de nos fragilités; nous redescendions sur terre où nous devions nous séparer et cacher nos tendresses. Le jeu du secret commençait dès le rez-de-chaussée, l'air apparemment dégagé et frivole, nous passions devant le concierge, notre ogre privé, qui de ses yeux globuleux suivait attentivement nos silhouettes. J'ai toujours été dérangée, gênée, par les regards hétérosexuels lorsque je viens de jouir dans les bras d'une femme; je ressens peut-être trop profondément le mépris et l'incompréhension qui entourent les « filles de Lesbos »; pour le commun des mortels, nous sommes des vicieuses, des pécheresses, incapables de sentiments. J'enrage de ne pas pouvoir dire, crier la beauté et la merveille de nos amours. J'aimerais presque entendre dans la loge la concierge dire à son époux : « Voilà les gouines du cinquième qui ont terminé », afin d'ouvrir la porte et, souriante, leur dire combien je suis heureuse.

L'été est arrivé très vite. Je supportais de moins en moins nos rendez-vous furtifs, nos caresses dérobées. Je savais désormais que ma liaison avec Isabelle que j'avais perçue au début comme une simple et douce aventure était devenue pour moi l'essentiel. Avec le soleil, il fallait en finir avec les alcôves et les cachotteries. Je devais me rendre à l'évidence, je voulais tout d'Isabelle, toute Isabelle, j'en étais affamée, je devenais exclusive. Je ne pouvais plus vivre dans l'équivoque et le mensonge.

Comment faire pour quitter Aimée à qui la plus grande des tendresses me liait ? Comment éviter les scènes et la souffrance ? Comment lui dire ? Quand lui dire ? Le hasard et la méchanceté allaient rendre inutiles toutes ces questions et balayer mes scrupules.

Aimée était partie pour les trois mois d'été à Saint-Tropez où nous avions pris ensemble la gérance d'un club que nous animions à tour de rôle, l'une des deux restant toujours à Paris. C'était la liberté complète pour Isabelle et moi, mais je ne me contentais plus de cette liberté-là.

Je m'apprêtais à rejoindre Aimée sur la Côte lorsqu'une garce, cliente parisienne, lui parla sur le ton de l'évidence de ma « nouvelle amie » :

– Mais si, tu sais, cette ravissante minette aux longs cheveux noirs.

Voyant Aimée blêmir, elle joua la confusion, la

surprise... Elle fut garce par plaisir car elle n'ignorait rien et cherchait uniquement à faire mal, à lui faire mal...

Aimée vint me chercher à l'aéroport de Nice. Nous parlâmes sur le chemin du retour. Août commençait à peine, la route était encombrée, le voyage interminable. Aimée pleurait en silence, je me contorsionnais inutilement sur mon siège, mal à l'aise, non seulement malheureuse du chagrin dont j'étais à nouveau la cause, mais aussi furieuse contre moi-même parce qu'Aimée était convaincue que sans l'intervention de cette garce je lui aurais caché pendant longtemps encore ma liaison avec Isabelle et qu'il m'était indifférent de la ridiculiser publiquement en m'exhibant avec elle.

Non, Aimée, non, pas ça, je te le jure ! Pas moi. Cruelle peut-être mais pas salope. J'allais te le dire ce soir. Je n'ai jamais voulu t'offenser. Te blesser, te faire mal, j'en suis malade mais comment faire autrement puisque je dois te dire que j'en aime une autre... J'ai pour toi une telle estime, une telle tendresse...

Nous pleurions toutes les deux en silence. Qui prétend que les disputes de femmes sont toujours hystériques ? Je m'éloignais d'elle à nouveau, et cette fois-ci, elle le sentait bien, à tout jamais. Ce n'était plus un coup au cœur comme je l'avais déjà eu. Aimée comprit tout de suite que c'en était fini d'elle et moi.

Elle conduisait comme toujours, bien, d'une main ferme, elle me posait des questions d'une voix brève, comme détachée, elle voulait tout savoir, et je lui répondais de mauvaise grâce, me sentant coupable et innocente, déchirée entre ma passion pour Isabelle et ma tendresse pour Aimée.

A Saint-Tropez, on ne s'est aperçu de rien. La

mauvaise langue en a été pour ses frais. Elle n'a pas pu se délecter de nos déchirements, cris, scandales, crêpages de chignon, dépeçages de viscères sur la place publique, comme il en était de mise dans le groupuscule de bourgeoises oisives dont elle faisait partie. Nous avons terminé la saison ensemble. Aimée était triste, mais n'en laissait rien paraître. Son orgueil m'aidait à me sentir moins coupable, moins moche.

Le 1er septembre, tandis que se refermaient les parasols et les baraques à crêpes, je suis partie une semaine en Corse avec Isabelle. L'été l'avait rendue encore plus belle, plus savoureuse. Mon cœur et mes sens s'affolaient lorsque je la regardais bouger, nager, s'étendre sur un rocher le visage renversé vers le soleil, hiératique. Etait-ce vraiment pour moi, ce cadeau du ciel, cette enfant-Reine ?

Elle pleura lorsque je la laissai finir ses vacances chez une de ses amies à Ajaccio. Je voulais rentrer seule à Paris. Elle gémissait doucement, elle avait peur que, de retour auprès d'Aimée, je ne veuille plus m'en séparer.

Comment la rassurer... Ne sentait-elle pas à quel point je l'aimais, que ce n'était pas des mots vides de sens, ces paroles folles que je lui murmurais tandis que nous roulions dans les bras l'une de l'autre, moites de l'été finissant et de nos étreintes ?

4.

A Paris, sans cris et sans fureur, Aimée a bouclé ses valises et s'en est allée vivre seule en attendant qu'une autre femme vienne éclairer sa vie. Trop belle âme pour conserver longtemps sa rancœur à mon égard, il lui fut impossible de ne pas détester Isabelle; il a bien fallu un an pour qu'elle accepte de la saluer du bout des lèvres, et encore une autre longue année avant qu'elle ne lui adresse la parole.

Au début de l'automne, Isabelle est venue s'installer chez moi. Il y a quatre ans de cela.

Notre vie fut une suite de tempêtes violentes, de voluptés folles, de cruautés inconscientes, de passion excessive, une suite de blessures que, sitôt ouvertes, notre amour venait refermer. L'amour-guérilla comme je ne l'avais jamais connu...

Isabelle fut une enfant mal aimée, marquée par une vie instable et agitée. Une mère un peu frivole, un divorce fracassant, la petite fille et ses frères passant de l'appartement sévère et froid d'un père dictatorial, à la vie de bohème que menait une mère trop coquette, trop jeune et trop belle.

Isabelle craignant l'avenir, qui casse ses jouets de peur de les perdre. Isabelle fantasque, capricieuse, qui me jette hors de mes gonds et qui, lorsque je suis écumante de rage, redevient l'enfant douce. Ses grands yeux crient l'innocence, son visage tout entier joue l'étonnement devant ma colère « injuste »; de ses lèvres coulent de la tendresse et des paroles de miel. Je gronde encore un moment, je rugis et me débats, puis je capitule, je m'attendris, je la serre dans mes bras... J'écoute avidement ses souvenirs. Les photos d'Isabelle enfant me font défaillir de tendresse. Elle me montre souvent lorsque nous traversons Paris les endroits où des parcelles de sa vie se sont écoulées.

La première fois qu'elle m'a montré l'église où elle avait fait sa première communion, j'ai appuyé fort et longtemps sur l'avertisseur.

– Qu'est-ce que tu fais ?

– Tu entends... Je salue cette église où tu as fait ta communion... Je salue mon Isabelle enfant !

Depuis, j'ai salué ainsi, à travers la ville, son école maternelle, son lycée, son cours de danse, les appartements successifs que sa famille a occupés. J'ai mis à ma façon une plaque sonore commémorative sur tous ses souvenirs. Ici mon amour est passé. Ici mon amour a été une petite fille en socquettes blanches. Ici mon amour a été une frêle adolescente toute en jambes et en bras. Ici elle a travaillé. Ici... Isabelle, je t'aimais partout !

Si nos amours sont orageuses, notre vie est aussi simple que calme. Je pars au *Katmandou* à onze heures du soir; le plus souvent Isabelle reste à la maison. Je rentre à l'aube et après avoir grignoté en silence, tapie dans la cuisine, je me glisse, avec des gestes feutrés, dans notre lit; presque toujours dans son sommeil elle devine ma présence, pousse un petit grognement de plaisir et vient se blottir dans mes bras. Sa tête sur mon épaule, mes lèvres sur ses cheveux, je reste immobile. Amoureuse et sereine, je suis rentrée au pays. Le matin c'est elle qui se lève la première; parfois je ne sens pas le baiser furtif qu'elle dépose fidèlement sur mon front alors qu'éreintée je commence à peine ma nuit avec le soleil.

J'ai souvent remarqué que nombre de personnes s'étonnent de la vie sage et régulière menée par les homosexuels. Ils nous imaginent vivant dans l'excès, partouzards, drogués, alcooliques, messalines et sardanapales, le vice chevauchant la débauche et autres joyeusetés du même acabit !

Avec son physique, Isabelle n'eut aucun mal à réaliser un vieux rêve : devenir mannequin. Je l'aidai de toutes mes forces et très vite elle réussit à percer dans ce métier instable où l'on n'est jamais sûre d'avoir du travail le lendemain.

Pour la plupart, les photographes sont des dragueurs sans vergogne; ils n'hésitent pas à tripoter un sein plus qu'il n'en est besoin, pour rectifier un pli sur un corsage ou pour effacer une ombre sur un nu. Ils invitent à dîner le mannequin avant de décider la signature d'un contrat important. Au début, les gens du métier s'étonnèrent ouvertement de ne jamais voir Isabelle accompagnée ou attendue par un chevalier servant. Elle n'osa pas dire : je suis lesbienne, j'aime une femme, je vis avec une femme. Alors elle s'inventa un fiancé « invisible » et je devins « l'Arlésien » des ateliers photos. J'étais pilote de ligne... ou marin grec, voilà qui permettait d'expliquer mes « absences » fréquentes et sa fidélité de Pénélope !

Ce n'est que bien plus tard qu'elle annoncera carrément qu'elle est lesbienne. Remous et réactions divers... Elle ne perd pas son travail, mais finies les propositions de photos aux Antilles et autres Seychelles. Pourquoi s'embarrasser d'un matériel humain inutilisable une fois la journée de photos terminée, alors que des candidates mieux disposées s'écrasent aux portes des agences ? Ainsi vont les hommes... les machos de la photo.

Nous avions vingt-trois ans d'écart et nous étions heureuses.

Bien sûr, lorsqu'elle reposait contre moi, chaton de laine et d'angora, ronronnant son plaisir ou son bonheur, j'aurais voulu que le temps s'arrête. Qu'elle ne grandisse plus. Qu'elle ne devienne jamais une adulte compassée et réfléchie, que je ne devienne jamais une vieille femme pleine de rides et de graisse. Bien sûr, alors, je rêvais d'avoir vingt ans de moins, pour ne plus avoir cette peur au ventre de la perdre demain, parce que demain j'aurai soixante ans et elle à peine trente-sept, et qu'après-demain j'en aurai soixante-dix et elle à peine l'âge que j'ai aujourd'hui... Parce que je n'imagine pas que l'on puisse aimer d'amour une femme de cet âge, parce que j'ai beau penser à Nathalie Barney et à ses amours crépusculaires, je sais que je n'oserai plus, moi, lorsque viendra la nuit, séduire comme au chant du coq.

Mais pour l'instant, ce vingt-trois ans d'écart, ce gouffre, ne me semblait pas si profond. Parfois bien sûr il me semblait infranchissable et je craignais le pire, mais la plupart du temps mon amour, notre amour, me permettait de l'oublier, ou de l'assumer sans inquiétude.

Ah ! la belle et bonne occasion d'expliquer, de motiver et peut-être d'« excuser » mon homosexualité par une psychanalyse de divan Lévitan ! Je serais lesbienne par nostalgie de l'enfant que je n'ai pas.

Et si elle avait été plus âgée que moi ? Par la recherche de la mère ?

Et si nous avions eu le même âge ? Ç'aurait été la quête de la sœur que je n'ai pas eue ?

Et si j'avais eu des sœurs ? Mais voyons, le substrat incestueux de cette sœur que je n'aurais pas eu le droit d'aimer...

Merde à monsieur Freud et à mademoiselle Bonaparte. J'aime, et cela suffit. J'aime Isabelle et si je souffre parfois qu'elle puisse avoir l'âge d'une fille que j'aurais eue, c'est parce que d'une certaine manière elle l'est devenue, par sa faiblesse, sa vulnérabilité qui m'ont donné, violemment, le désir de la protéger, d'en prendre la responsabilité, avec ce vertige exaltant de me sentir nécessaire, forte et grande.

M'a-t-elle trompée depuis que nous vivons ensemble ? Peut-être, deux fois... oui... Un soupçon que je n'ai jamais cherché à approfondir. A quoi bon vérifier si Isabelle et la belle Elsa aux yeux verts bouleversants... A quoi bon s'assurer qu'Isabelle et Caroline au corps musclé et harmonieux de danseuse... En quoi cela m'aiderait-il de savoir qu'effectivement Isabelle a eu pour elles une flamme, une flambée, un coup de sens ou de cœur, puisque je n'en ai pas souffert, qu'elle s'est toujours comportée avec moi de la même façon tendre et amoureuse ?

Je lui avais dit, très vite, au début de notre union, ce que je dis toujours aux femmes qui partagent ma vie : « Surtout, si nous nous trompons occasionnellement, ne nous l'avouons *JAMAIS*. » Je parle bien sûr des amours passagères.

« On s'aime, pour la vie, on se dira tout, on ne se cachera rien, nue devant l'autre », quelle bêtise ! Si l'on tient parole, si on avoue à l'autre son aventure, certes, on soulage sa conscience... pour empoisonner la vie de l'autre ! « Faute avouée est à demi pardonnée », mensonges ! Doublement lourde, oui, cette trahison qu'on vous jettera à la figure à la première dispute.

Et si l'on se tait, que l'on se cache, et que l'autre l'apprend... larmes, accusation de mensonges, plaintes...

Non. Il faut, si l'on se hasarde hors du nid, le dissimuler à tout prix, par amour de l'autre, par respect pour l'autre.

Alors si Isabelle m'a trompée, elle a respecté nos conventions puisque je n'en ai ressenti aucun malaise.

Aussi, moi, si je la trompe un jour, j'aurai la ruse du Sioux et la prudence du serpent pour ne pas la peiner. Mais je n'en ai pas envie. Je ne l'ai encore jamais trompée.

Pourquoi ? Pour qui ? Qu'attendrais-je d'une autre femme ? Que m'apporterait une autre fille ?

J'ai tout en Isabelle. La beauté, la tendresse, la sensualité, la jeunesse.

Que ferais-je dans d'autres bras, dans d'autres lits ?

5.

Cannes, 13 juin 1974. Il fait déjà chaud, mais il y a encore peu de monde, les Parisiennes n'arriveront qu'en juillet. Je travaille peu. Je compte surtout sur ma clientèle de Paris pour faire marcher le *Jockey*. Les lesbiennes de province, même ici, sur la côte, où elles se veulent plus audacieuses, vivent peureusement des vies clandestines. Leur audace se résume à venir boire un verre le samedi soir, en rasant les murs, de peur qu'« on » ne les voie franchir le seuil de mon antre de perversion... Lesbiennes-Bovary, étouffées, jugulées, soupçonnées, inquiétées parfois, méprisées toujours et partout, sauf peut-être à Saint-Tropez et Mykonos, lieux inexplicablement tolérants aux homos des deux sexes, terres d'asile où l'on peut sans dommage risquer en public des gestes aussi obscènes que se tenir la main, s'effleurer les lèvres. Je pensais naïvement que Cannes, où l'homosexuel mâle est roi, serait aussi pour nous une oasis de liberté. Je constatai qu'il n'en était rien, que ni le soleil ni la mer ne rendaient les gens plus indulgents, que les lesbiennes de la côte étaient aussi effarouchées qu'ailleurs. L'infirmière, la secrétaire, la prof, la vendeuse, l'avocate lesbienne risquent leur travail ou leur considération si elles sont reconnues par leurs collègues ou leurs supérieurs. De Dunkerque à Tamanrasset, la lesbienne de province – et j'en sais quelque chose, moi qui le fus – étouffe et agonise, souffre et craint. Pourtant, pleine d'espoir, je croyais que les filles de Nice et de Cannes allaient m'accueillir triomphalement, moi qui venais leur offrir à domicile un petit *Katmandou* pour l'été, ce *Katmandou* parisien qui fait soupirer d'envie et de nostalgie à longueur d'hiver les lesbiennes de province. Je dois déchanter : il n'y a au *Jockey*, en ce début de saison, que quelques clientes, vieilles connaissances du temps où je venais de Marseille pour mes frasques, du temps où j'étais une petite prof à la longue natte brune, et dont on me dit aujourd'hui encore qu'elle était une bien jolie fille.

Il y a aussi quelques hommes, comme au *Kat*, de ceux que j'aime bien, assez sûrs d'eux-mêmes pour laisser leur phallus au vestiaire lorsqu'ils pénètrent sur notre territoire.

Isabelle est partie trois jours pour aller faire des photos à Saint-Tropez, son absence ne pèse guère sur le *Jockey*, mais l'appartement que j'ai loué pour la saison est vide et je m'ennuie d'elle. Je n'ai pas de goût à grand-chose, la plage ne me tente plus, la ville ne m'attire pas, l'arrière-pays me désole sans Isabelle. Je passe mes journées à lire ou à regarder inutilement la télévision dans ce quatre-pièces absurde décoré avec prétention et bêtise. Dans notre chambre, Isabelle avait dissimulé le papier mural, hideux, avec des grandes photos d'elle. On ne pouvait même pas ouvrir les fenêtres tant la rue, voie d'accès à l'autoroute, était bruyante.

Son retour est une fête. Elle a déposé ses bagages, jeté sa casquette à la volée. Le chien Victor et moi, fous de joie, sautons en piaillant autour d'elle, ronde amoureuse, rite sacré de toutes nos retrouvailles; elle danse, elle aussi, plus gracieuse et plus belle, nous nous caressons, nous nous embrassons, nous nous léchons les uns les autres, nous nous aimons, Isabelle, Victor et Elula ! Nous sommes les trois êtres les plus heureux du monde.

Elle raconte ses trois jours, ses photos, ses rencontres, nous rions; elle est belle, il est beau mon amour à la peau fleurant la cannelle, au sexe doux et profond, au parfum de musc et de goyave; je me penche sur ces senteurs, les yeux clos, palpitante, pour sombrer dans son corps avec un goût d'absolu, dilatée de tendresse et de désir.

Le *Jockey* commence à s'animer. Isabelle y est reine, elle est grâce et harmonie, je la contemple, fière, orgueilleuse, amoureuse. Avant que la saison ne batte son plein, elle doit encore me quitter quelques jours pour une dernière série de photos, ensuite le club aura besoin d'elle tous les soirs et nous ne nous séparerons plus de l'été.

Je n'avais jamais vu les deux filles qui ce soir-là entrèrent au *Jockey*. Je joue mon rôle d'hôtesse, tente de les placer, mais elles préfèrent rester au bar et commencent à parler avec Joss la barmaid qu'elles semblent connaître. Ce sont donc des filles de la Côte. Je m'approche.

— Bonjour. Je suis Elula.

— Je sais, répond la plus jeune. Et je disais justement à Joss que c'était un comble : j'habite Cannes, et c'est en allant chez vous, à Paris, la semaine dernière, que j'apprends que vous êtes ici !

Nous parlons de choses et d'autres toutes les deux. Sa camarade, style assistante sociale, n'est pas loquace.

Elle s'appelle Alice. Elle est barmaid dans un snack, à l'autre bout de Cannes. Elle a une gentille frimousse auréolée d'une chevelure bouclée, blonde, les yeux bleus très clairs, mignonne.

Le lendemain, comme la semaine dernière en l'absence d'Isabelle, le chien Victor et moi restons couchés à somnoler et à ronger qui ses ongles, qui son os en plastique. Le soir en me préparant, je me surprends à penser : que vais-je mettre ce soir qui plairait à Alice ? Hier, ne m'a-t-elle pas dit « à demain ».

Je secoue la tête pour chasser cette pensée incongrue. En quoi cette fille m'intéresse-t-elle ! Elle n'est ni le genre de femme que j'aime, ni... ni rien puisque j'aime Isabelle... Elle a meublé le vide d'une soirée morne avec sa jolie petite gueule et son sourire.

Elle revint. Seule. Sans son affidée.

Peu de monde encore, ce soir. Une lesbienne indigène, genre « Jules », me fait une cour lourde et lassante. J'ai l'habitude. Tenir une boîte m'a rendue très modeste sur l'impact de ma séduction. Le petit projecteur qui m'auréole parce que je suis « la patronne » attire les clientes vers moi comme des phalènes. Papillons de nuit qui rêvent de brûler leurs ailes à mon halo factice, à mon vedettariat d'illusion, je leur semblerais tout aussi séduisante avec un œil de verre ou une jambe de bois. Ce n'est pas moi qui leur plais et les séduis, c'est mon image où elles projettent leurs fantasmes et leurs rêves. J'ai l'habitude donc, et je sais dévier les tirs, esquiver les attaques, glisser entre leurs doigts avec un sourire, déjouer leurs ruses. Tout cela en évitant de les vexer, de les blesser, de provoquer leur rancune. Qu'elles réalisent que ce n'est pas possible sans qu'elles le ressentent comme un échec ou un camouflet. Louvoyer, louvoyer, même si parfois ma patience est à bout. Le « Jules » m'invite à danser. Je ne peux pas refuser en alléguant que je suis trop occupée... il n'y a qu'Alice et elle dans la boîte... Elle m'encercle fermement, s'évertue à se coller contre moi, essaie de forcer mes lèvres. Je dois la repousser avec quelques ménagements, ces assauts pataudes m'irritent.

Alice m'invite à son tour. Elle me serre à peine, juste des pressions légères qui se feront plus insistantes tout au long de la nuit. Elle frôle mon visage de sa crinière blonde, de ses joues, enfin de ses lèvres. Son corps mince épouse le mien qui s'émeut. Je ne me dérobe pas, mais je me dégage doucement. Je suis troublée par cette cour discrète, presque silencieuse, faite de regards et de gestes. Je ne veux pas me poser de questions; je fais le vide en moi : être simplement présente et disponible au moment que je vis, ne pas chercher à expliquer l'attirance que j'ai pour cette fille qui correspond si peu à ce que j'aime, ne pas penser aux conséquences de mon désir, ne pas penser à Isabelle. Comment pouvais-je alors imaginer que ce vague désir que j'étais disposée à assumer avec légèreté, allait plus tard me détruire ?

Il est tard. Je décide de fermer. Avec une impulsion que je ne m'explique pas et que je ne cherche pas à comprendre, je chuchote à Alice : « Attendez-moi derrière le bar. » J'expédie mon « Jules » encombrant qui disparaît dans la nuit, vrombissant son dépit au volant d'une Porsche vert pomme. Je dépose avec précipitation Joss à la *Conga*, restaurant ouvert jusqu'à l'aube où nous avons coutume de grignoter quelque chose avant de rentrer.

— Vous ne venez pas, Elula ?

— Non, je suis fatiguée. Je rentre. Isabelle arrive demain.

— Bonne nuit.

Alice est sur sa moto, elle m'attend. J'arrête ma voiture. Elle vient se ranger tout contre la portière et reste en selle.

Ma vitre est baissée. Elle se penche vers moi et m'embrasse. Désagréable. Elle mord, plutôt, ses dents petites et aiguës me labourent l'intérieur des lèvres. Je recule.

Le jour se lève. Pâle. Pâle comme ses yeux, d'un bleu presque blanc, pâle comme sa peau, blême.

Nous nous sourions sans avoir grand-chose à nous dire.

— Vous savez, c'est la première fois que je me fais agresser par un motard...

— Ça n'est pas dans mes habitudes non plus.

On s'embrasse à nouveau. Je gémis doucement. Elle se fait moins mordante et moi je m'habitue.

Cannes s'éveille. Des gens passent près de nous, barbouillés de sommeil, pressés d'aller travailler ou de retrouver leur lit.

— Nous n'étonnons personne. On doit vous prendre pour un petit garçon...

Elle en a l'allure, avec son tee-shirt, son jean, et sa poitrine inexistante.

— Venez avec moi.

— Non.

— Pourquoi ? Votre amie n'est pas là...

— Ce n'est pas une raison. Et ce n'est pas la question. Pas comme ça. Pas si vite. D'ailleurs je ne l'ai jamais trompée depuis quatre ans.

— Moi non plus, et je vis avec mon amie depuis six ans. Mais aujourd'hui, je veux rentrer avec vous !

Elle m'embrasse à nouveau, sauvagement. Je n'ai pas envie de faire l'amour avec elle; ce gentil motard me trouble, sans plus.

– Je dois rentrer maintenant.
– Quand ? Quand vous reverrai-je ?
– Quand vous voudrez, au club tous les soirs...
Je démarre. Elle me suit, me dépasse, me contourne, pétaradant, caracolant, puis disparaît dans le jour à peine né, en agitant la main.

Charmant intermède.

Isabelle rentre demain.

6.

Il y avait du monde, enfin, au *Jockey*.

Isabelle, belle, comme toujours, tantôt hippie de luxe, tantôt femme fatale, tantôt garçonne équivoque ou jeune fille à croquer, était aux disques, derrière le bar.

Je lui présentai Alice.

– Pas mal ce petit garçon, me dit-elle un peu plus tard en souriant, si tu n'existais pas, je me le ferais bien...

Je souris à mon tour. C'était la première fois que nous avions presque le même goût. Je dis presque, car si Isabelle a parfois un faible pour les filles un peu androgynes, je penche, moi, résolument pour la féminité.

Au cours de la soirée, me trouvant près d'Alice, je lui glissai, pur badinage, souriante :

– Vous savez, Isabelle vous trouve très à son goût. Vous avez toutes vos chances avec elle...

Marivaudage. J'étais sûre de l'amour de mon amour.

Alice haussa les épaules et me regarda droit dans les yeux.

– Moi, elle ne me plaît pas du tout. J'aime les femmes, les vraies, comme vous, pas les gamines.

C'est ce que je voulais entendre.

Entre Isabelle et moi, aucune rivalité n'était possible. Nous étions trop différentes l'une de l'autre pour attirer les mêmes cœurs.

Les jours passèrent. Vanina, mon amie gynécologue, était arrivée. Elle était descendue à Saint-Paul-de-Vence, mais venait tous les jours à la plage avec nous.

Isabelle y était reine.

Nous avions beau avoir élu demeure à la « P.D. Beach », lorsqu'elle se levait, statuette d'airain aux hanches épanouies, ses seins en pomme pointés vers la mer, même les garçons les plus indifférents regardaient Vénus entrer dans l'eau.

Nous étions tout un groupe : Vanina, Joss la barmaid, quelques clientes amies, et parfois Alice qui nous rejoignait. Pâle, blafarde, lunettes noires, refusant de se mettre en maillot, elle jouait avec Isabelle – deux jeunes chiots fous roulant dans le sable, s'agaçant, se taquinant, nous éclaboussant de sable et de rires.

Je protestais :

– Arrêtez mes chéries ! Vous allez faire croire des choses... trompez-moi à la rigueur, je veux bien, mais pas aussi ouvertement ! J'ai l'air de quoi entre vous deux !

Nous riions toutes. C'était l'été, elles étaient jeunes, elles s'amusaient.

Et moi j'étais là, les seins nus comme tout le monde, mais lucide, consciente de la différence de nos corps. Isabelle la perfection, Alice le garçonnet, Vanina grande et mince malgré sa quarantaine, Elula, un peu trop... épanouie. La poitrine est petite, elle ne s'affaisse pas, mais l'ensemble...

La graisse insidieuse qui m'enveloppe sournoisement me révolte. En douce, elle m'a bardée, année après année, mine de rien. C'est le jeans d'il y a deux ans où l'on ne rentre plus, c'est le chemisier qui devient trop cintré. Sur les plages, au grand soleil de midi, le bronzage arrange un peu les choses, mais le temps n'est plus où je pouvais plastronner sur les grèves... J'aime trop la beauté pour ne pas être consciente que je n'y suis plus à mon avantage. Je n'ai plus, sur le sable, l'âge de poursuivre l'onde, les ondines et les ballons multicolores !

A moi les boudoirs tamisés de l'automne avant les alcôves désertées de l'hiver. A moi l'intelligence au secours de mes rondeurs, et le charme au secours de ces atteintes du temps qui sourdent un peu partout sur mon corps. Je crois bien sûr que l'on peut encore m'aimer, mais chaque jour ce sera un peu moins pour mon corps et un peu plus pour mon âme...

J'acceptais avec d'autant plus d'indulgence leurs jeux de jeunes animaux fous, que les après-midi où Alice ne venait pas se rouler sur le sable avec Isabelle, c'est avec moi qu'elle les passait... Désormais, j'étais obsédée par ce gentil petit motard qui m'avait vaguement troublée un matin de juin.

Je ne peux pas dire exactement quand la maladie m'avait atteinte. Mais je sais exactement quand j'en pris conscience pour la première fois.

Ce fut le soir où, quittant le club, elle prit le virage un peu trop vite et heurta une voiture qui venait dans l'autre sens. J'avais assisté au choc, je courus vers elle. Elle se relevait déjà, grimaçant un peu, le coude à vif. J'avais versé du whisky sur l'écorchure et l'avais raccompagnée chez elle en voiture.

Cette éraflure bénigne m'avait bouleversée. Je m'en étais alarmée, mon cœur avait battu trop vite. Je m'étais souri à moi-même, pour effacer le désarroi où me plongeait cette découverte : j'étais amoureuse, affamée de sa présence.

Tous les prétextes devinrent bon pour aller la retrouver, tous les mensonges me vinrent naturellement à l'esprit pour tromper Isabelle. Je recommençais la ronde clandestine que j'abhorrais mais dont je ne pouvais me passer.

Je feignais, certains après-midi, d'être trop lasse pour aller à la plage. Isabelle partait seule sur sa petite mobylette. A peine tournait-elle le coin de la rue que je me jetais sur le téléphone.

– Alice ? Je viens vous chercher ?

– D'accord.

Dix minutes après, j'étais près du snack, à l'attendre, enfoncée dans mon siège pour ne pas être vue. A trois heures, elle descendait les marches et venait vers moi. Je la regardais arriver, dévorant chacun de ses gestes, adorant sa crinière, ses lunettes noires, son éternel jean-tee-shirt, sa démarche lourde et disgracieuse. Elle s'asseyait auprès de moi. Un sourire à peine esquissé. Je démarrais vite et nous allions n'importe où. Au Haut-de-Cagnes, à Golfe-Juan, à Vallauris. La voiture roulait, je n'étais plus qu'une femme amoureuse, je ne pensais à rien d'autre qu'à ses gestes, à ses regards. Sa main sur ma nuque, moite de chaleur, un doigt qui dessinait mes lèvres, et je défaillais presque de plaisir.

Nous nous embrassions peu, hâtivement, furtivement. Nous étions deux femmes en plein air et au grand jour. Nous n'avions donc pas le droit de nous aimer. Je savais par expérience que si jamais nous nous embrassions, les automobilistes s'arrêteraient, brandiraient ou leurs poings ou même leurs sexes, au pire, ils nous prendraient en chasse, hilares, excités par une poursuite-rodéo qui ne leur coûtait rien et qui nous gâcherait notre escapade.

Alors, sur le qui-vive, assises dans nos sièges respectifs, nous parlions, peu ou beaucoup selon les jours, selon ses humeurs surtout. Tantôt bavarde et enjouée, tantôt muette, la légère cicatrice qui barrait son sourcil droit palpitant, le front froncé, elle semblait en proie à des douleureuses questions qu'elle taisait. Je m'en inquiétais à peine, je me laissais surprendre par ses mystères qui donnaient une intensité différente aux rares moments que nous partagions.

Au fil des jours et des rencontres, j'appris à la connaître. Sa vie n'avait rien d'exceptionnel. Une famille aussi nombreuse que modeste, un pavillon de banlieue, une difficulté d'être qui la poussait à refuser la route grise où elle apprit à marcher, l'envie de fuir, de vivre autrement, puis le lycée, un brevet pour la vie, un cours de comédie pour l'illusion, des petits travaux ici et là, enfin une moto, sa passion, des courses folles dont elle garde cette fine cicatrice au-dessus de l'œil que j'aimais à caresser des yeux, des doigts et des lèvres. Aussi loin qu'elle s'en souvienne, elle n'a jamais aimé que les femmes, juste un essai, manqué, avec un ami homosexuel – deux albatros maladroits et inquiets voulant marcher comme les autres – qui se termina par un fiasco splendide au milieu d'éclats de rire. Elle n'attendait rien des hommes, il ne voulait rien des femmes, pourquoi donc cette tentative vouée de toute façon à l'échec, sinon pour « faire comme tout le monde », sinon parce qu'à seize ans on a peur de se singulariser, de s'accepter différent ?

« Je suis venue à Cannes passer des vacances, j'ai

rencontré X, oui, la femme du chanteur, elle tenait un restaurant. J'en suis tombée follement amoureuse. J'avais dix-huit ans... Alors l'été fini, je suis restée sur la côte, pour demeurer près d'elle, pour ne plus rentrer chez moi. J'ai fait la plonge dans son restaurant. J'ai mis des mois à la séduire... Elle avait quarante ans... » Pendant que j'écoutais cette voix aux accents faubouriens, le cœur battant, je faisais des comptes, terrible calcul mental que je n'ai plus la liberté de négliger : j'ai quarante-cinq ans, elle dix de plus qu'alors... etc. Ai-je toutes mes chances ? Peut-elle m'aimer vraiment ? Puis-je avoir de l'espoir ? etc. Comptabilité inutile mais inévitable pour moi qui vivais pourtant avec une femme de... vingt-trois ans ma cadette. J'oubliais cela, attentive que j'étais à ma passion nouvelle et à mon angoisse du temps...

Je l'écoutais inlassablement employer des mots simples pour raconter une histoire simple.

Alice était restée cannoise après s'être séparée de X. De boîte en restaurant, de la plonge au service, elle avait fini au snack où elle travaillait depuis cinq ans maintenant. Entre-temps elle avait rencontré Dany, sa « panthère rouge » qui n'aimait pas les femmes, mais s'était laissé séduire par ce petit page équivoque aux yeux rieurs, au sourire de loup; elle vivait aujourd'hui avec Dany et son fils âgé d'une dizaine d'années dans un H.L.M. de la périphérie.

Je l'entendais avec ferveur raconter des épisodes de leur vie commune, aussi banals que « cinq jours à la neige l'an dernier », « un gueuleton terrible avec des copains pédés » deux hivers auparavant...

A vingt-huit ans, son horizon se limitait au comptoir d'un snack et aux cintres de vêtements de Dany, vendeuse dans une boutique de prêt-à-porter. Mais je m'en souciais fort peu et ne me posais aucune question. Je ne me demandais pas pourquoi j'étais si attachée à cette petite serveuse joliette dont la vie et les péripéties qu'elle me narrait m'auraient profondément ennuyée venant de quelqu'un d'autre. J'aurais dû aimer boire des mots merveilleux à ses lèvres que j'embrassais si peu. Je n'en faisais rien, je l'écoutais béate, dévider ses riens. Fallait-il que je fusse amoureuse pour dévorer ainsi la moindre de ses paroles... Comme j'enviais Dany qui l'avait à elle, qui dormait avec elle dans son F3 mal meublé, comme j'aurais voulu mener cette existence monotone et difficile en échange d'un sourire d'Alice. Qu'est-ce qui m'attachait à elle avec cette force ? Était-ce sa façon de me regarder avec ses yeux pâles quand elle dansait avec Isabelle ? Ces regards furtifs qu'elle dérobait à l'assistance parce qu'ils m'étaient destinés ? Je ne sais pas, je ne l'ai jamais su.

Obsédée par Alice, Isabelle devenait pour moi une sorte de paysage permanent qu'on ne voit plus guère. Rien n'était changé en apparence, j'étais la seule à la savoir désormais à l'arrière-pays de ma vie. Il m'arrivait parfois de ne pas remarquer les efforts qu'elle faisait pour être belle et coquette, il fallait alors qu'elle me prenne par les épaules pour que je la regarde et juge de sa tenue :

– Tu es très belle mon amour, comme toujours, disais-je en l'embrassant.

Je lui souriais, j'étais sincère. Mais j'agitais déjà les clefs de la voiture, pour lui signaler que nous devions partir au *Jockey*... retrouver Alice. Je ne supportais plus de rester seule avec Isabelle, la raison en était un mélange confus de culpabilité et d'impatience, impatience de voir Alice, d'être avec elle, de l'entendre. Je ne faisais guère l'amour avec Isabelle et pas du tout avec Alice. Il est vrai que j'étais malade et extrêmement fatiguée. Un sale fibrome me rongeait le ventre et j'allais d'hémorragie en hémorragie. Ma gynécologue pensait qu'il s'agissait probablement d'une tumeur bénigne, mais il fallait quand même s'en assurer. Cela ne faisait qu'ajouter à mon inquiétude et aux troubles nés de mes amours clandestines. A la rentrée, je devais me faire opérer. Où en serai-je alors avec Alice ? Et avec Isabelle ? Il n'y avait pas de médecine, ni de bistouri pour les sentiments intenses et confus qui agitaient alors mon cœur et mon corps douloureux.

Allais-je perdre Alice et ma santé en septembre ? C'était impensable, impossible; d'ailleurs j'avais justement besoin d'engager une fille pour le *Katmandou*. Alice évidemment me semblait être la personne que nous cherchions.

Avant de quitter Paris, nous étions convenues, Aimée et moi, de congédier une de nos filles, pour de multiples raisons et non des moindres. Il fallait lui trouver une remplaçante pour la rentrée.

– Ne t'inquiète pas, avais-je dit à Aimée. En trois mois, sur la Côte, je trouverai quelqu'un de neuf, un visage inconnu, ce qui plaira.

Je l'avais trouvée. Mignonne, efficace, sympathique, débrouillarde, Alice ferait merveilleusement l'affaire.

Juchée sur un tabouret, au coin de son bar où je passais de longs moments à l'épier, je l'avais jugée. Elle savait plaire aux hommes comme aux femmes. Et d'un sourire, d'un clin d'œil qui promettait tout et rien, elle avait à sa dévotion un essaim de minettes qui s'agrippaient au comptoir.

Sérieuse, un peu allumeuse, elle était l'assistante rêvée. Avec elle, je pourrais réaliser mon désir : avoir une boîte sur la Côte à l'année, en même temps qu'à

Paris. Formée, féminisée, affinée, Alice pourrait devenir ma seconde, mon bras droit.

Mais... le voudrait-elle ?

Dany, son amie, était cannoise et s'accrochait aux cintres de la boutique, rue d'Antibes, comme une arapède à son rocher. Elle était le hic, l'aléa, l'ennemie !

Pendant l'une de nos escapades, alors que nous roulions sous la chaleur, attentive à ma conduite, sans même la regarder, je lui fis part brusquement de mon projet. Elle éclata de rire, à mon grand étonnement.

– Vous vous moquez de moi, Elula ! Moi au *Kat* ! Vos clientes se foutraient de moi !

Ce n'était pas tout à fait faux, telle qu'elle était elle aurait choqué certaines habituées, mais il y a du Pygmalion en moi, et c'était précisément cette idée-là qui m'excitait, je voulais à nouveau infléchir un destin et transformer une figure. Il me fallait la convaincre. Ainsi je mis à profit les courtes heures où nous battions la campagne pour lui faire accepter ma proposition, entre deux frôlements de mains et deux baisers hâtifs. Elle affirmait que Dany ne voudrait jamais quitter Cannes. Je me faisais fort de lui trouver du travail à Paris.

– Elle ne voudra pas abandonner ses amis, ses habitudes.

– Mais vous Alice ! Vous voulez, toute votre vie, jouer à servir des cafés ?

Elle secouait la tête et se taisait. Elle ne me disait pas qu'elle allait tout quitter, Cannes, Dany, son travail, par amour pour moi; j'aurai tant voulu le lui entendre dire ! Mais j'avais le temps, l'été n'était pas terminé. Alice m'aimerait, Alice travaillerait avec moi : pour l'heure, elle ne parlait jamais d'amour. J'essayais parfois de la provoquer :

– C'est incroyable. Je ne me sens pas coupable envers Isabelle...

– Moi non plus, répondait-elle. D'ailleurs, nous ne faisons rien de mal...

– C'est presque pire... Mais nous n'y pouvons rien. Moi en tout cas, je n'y peux rien. Je vous ai rencontrée, vous n'êtes rien de ce qui me plaît et pourtant... comme c'est étrange...

– Oui. Moi aussi, j'aime Dany et pourtant... nous sommes là ensemble...

Alice jouait avec mes doigts. Nous étions allongées dans l'herbe, cachées dans un buisson au bord d'un étang. Nos mains caressaient nos visages, parfois nos poitrines. Elle avait des seins de fillette, c'est à peine s'ils déformaient son tee-shirt. Quand je portais ma main sur sa poitrine, je craignais qu'elle ne me repousse, honteuse, gênée, pensais-je, par sa platitude, objet constant des plaisanteries de notre petit groupe lorsqu'elle venait nous rejoindre sur la plage. Moi qui aime tant la douceur ronde et tiède des seins, j'étais émue et attendrie par les formes minuscules d'Alice. C'étaient là nos caresses les plus osées, jamais nos mains ne s'égaraient. Nous avions des pudeurs d'adolescentes. Ces effleurements timides, ces caresses inachevées, ces corps à corps désirés et impossibles me la rendaient plus chère et m'éloignaient d'Isabelle. Soudain Alice me dit, la paume de sa main sur mon sein :

– Vous croyez que c'est une solution que je vienne à Paris avec vous... près de vous ?

– Si vous venez à Paris, si vous travaillez avec moi, au bout de quelques mois, vous le savez, nous serons séparées... Vous à Cannes, moi à Paris... Nous nous croiserons dans les aéroports... Il n'y aura pas de problème, et puis on verra par la suite...

Elle m'embrasse sauvagement. Nous roulons dans l'herbe. J'étais amoureuse et j'avais quinze ans. C'est dire si le soir je guettais son arrivée au club. Je reconnaissais son coup de sonnette; j'ouvrais doucement le judas pour mieux la regarder sans être vue; elle avait une façon de se tenir – le visage légèrement tourné vers la rue, inquiète d'une éventuelle apparition de Dany, l'épaule gauche appuyée sur la porte – que j'adorais et que j'aimais à contempler quelques secondes avant d'ouvrir. C'était pour moi le plus bel instant de la nuit, car une fois le seuil du *Jockey* franchi, il fallait feindre l'amitié, le « copinage ». Parfois elle ne restait que quelques minutes : Dany l'attendait dans une boîte de garçons, avec sa bande de copains homosexuels. Elle détestait les boîtes de filles. C'était une de ces femmes qui nient être lesbiennes, qui affirment aimer UNE femme, mais pas LES femmes. « Nuance ! Attention ! Ne confondons pas ! Ne mélangez point, je vous prie, madame, les torchons avec les serviettes. Je n'ai rien de commun avec ces vicieuses qui couchent ensemble : moi j'aime une femme, alors je me donne à elle. Nuance, nuance. »

Je déteste ces lesbiennes hypocrites, ces gouines honteuses qui crachent sur l'inversion de leur propre sexe et s'entourent d'invertis du sexe opposé. Dany hantait les boîtes de pédérastes. Son mépris des « gouines » m'était insupportable. Lorsqu'elle daignait venir au *Jockey* et poser une fesse sur notre moleskine saphique, elle était évidemment mal à l'aise, et nous regardait comme des êtres d'un autre monde. Je n'étais pas jalouse d'elle, mais exaspérée en tant que lesbienne triomphante devant cette femme qui n'osait pas appeler son amour par son nom.

Après la fermeture du club, lorsque enfin je

regagnais notre chambre, Isabelle endormie, lovée au creux de mes bras, je restais immobile, les yeux longtemps ouverts, fixés sur les îles sous le vent, les Aléoutiennes, les caravelles, les *Santa Maria*, les *Nina* et les *Pinta* imprimées sur le papier qui décorait le mur; j'étais coupable, coupable, je me sentais sale comme le jour gris qui envahissait alors la pièce, sale, moche et désespérée. Je ne partageais plus entièrement ma vie avec Isabelle, je lui cachais mes pensées, je ne lui donnais plus tout mon temps, je l'abandonnais pour marivauder bêtement avec une serveuse trop jolie. Elle ne méritait pas cela, Isabelle, douce, splendide. Quand elle me caressait, j'alléguais trop souvent « ma fatigue » pour repousser ses avances et tarir son désir; où donc était le temps de la frénésie amoureuse qui nous dévorait toutes les deux ? Où donc étaient passés ces petits matins, lorsque un peu grises nous nous caressions brutalement, hâtivement dans l'ascenseur, jouissant parfois ensemble avant même d'atteindre notre étage, en achevant de nous aimer dans la cabine immobilisée et obscure, nos gestes rapides ébranlant l'étroite cage où nous étouffions nos gémissements. Qu'elle est loin cette nuit où agenouillée sur les dalles froides d'un couloir elle m'embrassait le sexe, provoquant ces jouissances fulgurantes que nous connaissions parfois l'une comme l'autre. Aujourd'hui son avidité amoureuse me gênait. Il n'y avait plus de place pour elle dans mon esprit trop plein d'Alice, trop plein de mensonges, trop plein de cette aventure que je ne comprenais pas.

7.

L'arrivée de la mère d'Isabelle que nous avions invitée à passer quinze jours avec nous rendait mes évasions rares et compliquées. Je commençais même à regretter sa présence que j'avais pourtant souhaitée de tout mon cœur.

De trois ans ma cadette, Hélène restait une très belle femme dont la fille était la réplique parfaite. Elles se ressemblaient comme deux sœurs. Je me refusais à le reconnaître, mais cela me faisait mal; je ne pouvais en effet me cacher certaines évidences : parfois, trop souvent même, lorsque je sortais avec Isabelle, on me prenait pour... sa mère !

Est-ce que je devenais ridicule ? Notre couple devenait-il risible ? J'étais agacée, exaspérée. Ne ferais-je pas mieux de tout abandonner, de me « ranger » comme on dit, d'oublier Elula séductrice, la femme à femmes que je voulais rester, que j'étais encore... Alice était là pour le prouver. Je n'avais pourtant rien perdu de mes désirs et je plaisais toujours. Mais je comprenais soudain la violence du temps qui passe et nous marque. Je redoutais ce moment où peut-être un inconnu me demanderait si Isabelle était ma fille. Je blêmissais à cette seule idée, je dissimulais ma douleur sous la colère, mon angoisse retenue jaillissait parfois dans un cri absurde qui s'échappe et vous surprend :

– Si plus de dix personnes me prennent pour ta mère, je te quitterai, disais-je, les dents serrées, à Isabelle.

Elle ne répondait pas, elle ne répondait plus. Qu'aurait-elle pu ajouter à ce qu'elle m'avait dit mille fois déjà : que les gens étaient bêtes, que cela n'avait aucune importance, que notre amour était l'essentiel. Je n'écoutais plus, je ne savais plus entendre. Alice, elle, on ne la prenait pas pour ma fille...

« Sale gouine, vicieuse, salope », c'est par ces mots qu'Isabelle apprit l'exil qui est trop souvent notre lot de lesbienne, ce fut par ces mots sortis de la bouche de sa mère, cette Hélène qui, aujourd'hui, était parmi nous.

Elle avait appris la « vraie nature » de sa fille, elle, femme libre s'il en fut, après l'avoir fait suivre par un détective privé ! Hélène n'avait pas hésité à aller trouver les parents de son amie d'alors, et à cause d'elle, ceux-ci, effarés, effrayés, indignés comme de bons bourgeois, avaient expédié leur fille à l'étranger, au Brésil, on s'en souvient, pour couper court au « scandale ».

Hélène, fille de banquier, élevée au couvent, avait, très jeune encore, abandonné son macho de mari, « bon phallocrate » comme il y en a trop, et ses trois enfants. A vingt-huit ans elle se retrouvait seule dans la rue. Elle devint barmaid en attendant mieux. L'apprentissage de la vie fut rude pour cette grande bourgeoise. Elle était aujourd'hui la propriétaire mondaine et plaisante d'un petit restaurant plutôt bien fréquenté. Hélène, on s'en doute, n'avait rien d'une sainte, elle se vantait même devant Isabelle d'avoir quelques amies lesbiennes, mais l'idée que sa fille, ravissante, féminine, eût tourné casaque et préféré d'autres plaisirs aux siens, lui était insupportable. Attitude assez répandue parmi les femmes prétendument libérées : dès qu'elles sont concernées dans leur chair ou dans leur vie, elles refusent, elle repoussent tous ceux ou toutes celles, marginales, qu'elles aimaient fréquenter auparavant, heureuses d'étaler publiquement une liberté d'esprit qu'elles n'ont jamais vraiment eue.

Je n'ignorais rien de tout cela lorsque je connus Isabelle et en tombai amoureuse. L'attitude d'Hélène m'inquiétait beaucoup. Aimer une mineure, moi qui tenais une boîte « spécialisée » – je risquais gros – j'en étais sincèrement effrayée chaque fois qu'Isabelle venait à la boîte. Si sa mère entrait, me disais-je... s'il y avait une vérification d'identité...

J'ai même demandé autour de moi comment on faisait pour se procurer une fausse pièce d'identité (je me souviens qu'à l'époque Aimée avait eu ce trait qui m'avait rassurée : « Ça va vraiment pas Elula, tu vas pas nous jouer la Série noire maintenant ! »).

Hélène finit par se rendre à l'évidence. Un jour, de guerre lasse, elle fit comprendre à sa fille qu'elle se résignait à la considérer comme une vraie lesbienne et qu'il n'y avait rien à faire. « Autant en prendre mon parti, conclut-elle, mais je veux rencontrer Elula. »

Lorsque Isabelle m'annonça, heureuse, la « capitulation » de sa mère et me fit part de son désir de me rencontrer, je fus troublée, paniquée même. J'ai failli lui dire non. Certes, au fil de mes amours j'avais été amenée à rencontrer quelques mères, parfois certaines grand-mères et même un ou deux pères; mais à la différence d'Hélène, elles ou ils ignoraient tout des liens qui m'unissaient à leurs filles ! Délicieuse hypocrisie bourgeoise, parents naïfs ou volontairement aveugles, comme je vous regrettais... Je ne pouvais pourtant pas m'empêcher d'éprouver une certaine estime pour cette mère qui avait décidé d'accepter la vérité et de faire front. Hélène avait une fois pour toutes décidé de jouer le jeu jusqu'au bout et elle le fit.

En attendant, moi, j'avais tout bêtement le trac...

Hélène choisit de venir au club le jour de notre « spectacle ». Deux ou trois fois l'an, mes filles et moi nous nous donnions le plaisir masochiste de faire un « show », répétant pendant plus d'un mois sketches, ballets, chansons, jurant chaque fois que ce serait la dernière, que c'était trop de jouer, servir et travailler à la fois trois soirées de suite; mais à peine le dernier spectacle terminé nous pensions déjà à des nouveaux tableaux.

Je ne souhaitais pas vraiment rencontrer la mère d'Isabelle ce jour-là. Lesbienne, limonadière et saltimbanque, l'ensemble me semblait un peu lourd à porter, indigeste pour tout dire ! Et moi qui aurais voulu faire « bon effet », paraître femme du monde, charmante, distinguée, réservée, bref j'aurais, telle une fiancée, aimé donner une image rassurante à une mère résignée, mais certainement inquiète : « Voyez madame, votre fille n'est pas perdue. Elle aura avec moi une vie aussi heureuse qu'une hétérosexuelle avec un quelconque bonhomme. Je suis un bon parti, madame, bien sous tous les rapports etc. » Mais, au lieu de cela, elle allait me voir en mini-jupe mauve et perruque orange en train de danser *Big Spender* de Sweet Charity et déguisée en ivrogne dans *Six roses*. Bon, il y aurait un poème de Renée Vivien et des chansons avec mon allure à la « Gréco », mais enfin...

De toute façon, je n'avais plus le choix. Que la fête commence !

Ce fut avec un certain retard qu'Hélène franchit la porte du *Kat*. Très belle femme, elle m'impressionna; plus grande que sa fille, elle était à la fois délicate et distinguée. Je m'approchai d'elle, mal à l'aise, empruntée. Hélène fut un modèle de maîtrise et d'émotion contenue.

– Alors, madame, c'est vous ma belle-fille ? me dit-elle avec un sourire éblouissant.

C'était le sourire d'Isabelle, le regard d'Isabelle. Je ris bêtement. La glace était rompue.

Elle m'a tout de suite acceptée. Au réveillon suivant, je dînai avec toute la famille : l'ex-mari, mis également au courant, les deux frères à moitié hippies, le jules de maman... J'en aurais pleuré d'attendrissement. C'était stupide, moi qui déteste le 1er mai et son muguet conventionnel, la Saint-Valentin, la fête des mères et les premières communions, et la Saint-Frusquin, j'étais là, bouleversée de partager la dinde aux marrons de la mère d'Isabelle, avec le père d'Isabelle et les frères d'Isabelle, devant la bûche de Noël et les belons, et les sourires et les regards tendres et complices d'Isabelle...

J'ai même présenté Hélène à ma mère ! C'était une « première ». Toutes les quatre un peu intimidées, déconcertées plutôt par cette situation inhabituelle bousculant tous les préjugés, entre un rouleau de printemps et une tasse de thé.

Ma petite mère, toujours indulgente, souriante, qui dit à Hélène :

– Je vous appelle Hélène n'est-ce pas ? Vous pourriez être ma fille...

– Aïe Maman ! Ne retourne pas le couteau dans la plaie ! C'est vrai qu'Hélène est plus jeune que moi !

– L'âge ! Qu'est-ce que ça veut dire l'âge, fifille, si on est jeune de caractère et si on est heureux.

Son visage lisse d'Asiatique, ses dents d'ivoire solides, blanches, bien à elle, ses mains qui tremblent un peu, son cou fané qui, seuls, trahissent sa vieillesse et me font la chérir désespérément.

Fantasques, fantaisistes, capricieuses, inquiètes de leurs beautés et si semblables, la mère et la fille s'adoraient et se déchiraient. Hélène était quelque peu jalouse de la place que je prenais auprès de sa fille, place qu'elle n'avait cependant guère occupée. Enfin, très vite, nos rapports commencèrent à ressembler aux rapports « nouveaux » qui existent entre belle-mère et belle-fille !

Nous voici donc aujourd'hui toutes trois réunies à Cannes. Mon esprit est ailleurs, il est auprès d'Alice que je ne peux désormais plus guère caresser ni convier à nos fiestas, dîners, baignades.

Une de mes amies, Geneviève, la jolie Geneviève, décida de séduire Hélène. Celle-ci, loin de la repousser, un peu par curiosité un peu par fascination, se laissa faire. C'est ainsi qu'une nuit elles se retrouvèrent nues dans la chambre qu'Hélène occupait dans notre appartement. Les soupirs étouffés qui parvenaient jusqu'à nous et surtout le fait d'imaginer Hélène dans les bras d'une femme m'excita follement. Je me tournai vers Isabelle et l'enlaçai.

– Ça me fait tout drôle, murmura-t-elle d'une voix à peine audible.

Nous fîmes l'amour avec violence. Mais c'était Alice que j'embrassais.

8.

Dans l'espoir de voir Alice, de l'entendre peut-être, je restais assise des heures durant devant ces boissons tiédies que le snack vendait aux vacanciers assoiffés pour des sommes délirantes. Telle une enfant amoureuse, je guettais son regard pendant qu'elle circulait entre les tables, servant glaces et cafés. Je cherchais ses yeux pâles qu'elle ne pouvait poser que trop rarement sur les miens emplis de son image. Légère, elle me frôlait parfois au passage... De temps en temps il m'arrivait de distinguer, dans ce bruit envahissant et monotone propre aux lieux publics, son rire devenu gras; la cherchant des yeux, je la voyais alors s'essuyer la bouche d'un revers de main ou se nettoyer les dents avec une vulgarité qui me heurtait. Je m'en voulais de la juger ainsi, je me disais qu'elle n'y pouvait rien, que six ans de bistrot, que son éducation, etc, etc. A Paris, me rassurais-je, je saurai la transformer, doucement, subtilement pour ne pas l'effaroucher. Je saurai développer en elle sa véritable nature qui ne pouvait être que parfaite, mais que la vie et le monde avaient déformée. Elle deviendrait ainsi mon assistante... Ma passion ne m'empêchait nullement d'oublier le but que je m'étais fixé : la séduire et l'emporter à Paris sur mon blanc destrier, où le *Kat* et... moi-même avions besoin de sa présence.

Parfois ces longs après-midi de contemplation s'enrichissaient de quelques caresses. Profitant d'un moment creux, j'allais dans les toilettes où elle venait me rejoindre. Elle entrait en coup de vent, me serrait dans ses bras, très fort, m'embrassait violemment, souriait et ressortait vivement, sans un mot.

Je me retrouvais seule, heureuse de cette brève étreinte.

J'en restais tout ébouriffée, le cœur battant la chamade. Appuyée au lavabo, je me regardais dans le miroir. Bronzée, oui, mais mal coiffée, transpirante, le front moite, le nez brillant... Le doute m'assaillait : comment pouvais-je l'attirer alors qu'Isabelle... Était-ce vraiment un jeu qu'Alice jouait avec elle, ces clins d'œil malicieux, ces sourires si pleins de charme qu'elle lui dispensait... plus qu'à moi... ?

Mais je me reprenais vite. Comment lui prêter un tel diabolisme, elle dont les yeux clairs me poignardaient, elle et son sourire de carnassier que j'espérais combler ? Elle n'avait jamais aimé que des femmes-femmes. Isabelle était une fille-fleur. Pourquoi, comment me comparer à elle ? Sa splendeur juvénile ? Mais mon charme mûrissant ? Le fruit vert de l'été ? Et la tiédeur voluptueuse de l'automne ?... Non. Il n'y a pas de concurrence, pas de compétition, pas de rivalité, pas de lutte entre Isabelle, mon amour de petite fille et moi.

Je ressortais des toilettes, rassérénée.

Maintenant, maintenant, j'avais envie d'Alice. C'était venu peu à peu, comme la faim qui vous saisit à force d'humer le parfum d'un mets qui mijote longtemps à feu doux, effluves légères puis plus insistantes, qui allèchent, agacent, affament enfin.

Deux mois que nous jouions au flirt, aux baisers volés, aux étreintes furtives. Ce jeu tout d'abord cérébral me tombait maintenant sur les reins, me prenait au ventre. Je frissonnais d'envie pour ce petit corps garçonnier, pour ce visage dont je voulais connaître l'autre face, renversé, les cris, les plaintes, l'intimité dans le plaisir.

Cependant, les rares fois où nous faisions encore l'amour Isabelle et moi, c'était toujours l'harmonieux déferlement érotique, sensuel, brutal ou raffiné, tendre ou violent.

Isabelle c'était... autre chose. C'était une partie de moi-même. J'avais soudain envie comme d'une maîtresse... Oui, c'est cela, ce n'était rien d'autre. Une envie de séduire, de m'évader du merveilleux quotidien pour du pittoresque. Le pays plat d'Alice, c'était mon exotisme. J'avais envie d'elle, de l'entendre dire qu'elle m'aimait. Je désirais une autre voix, un autre corps, d'autres caresses mais je ne pensais pas me séparer de celle qui occupait ma vie tout entière depuis quatre étés et trois hivers.

Isabelle ne se doutait de rien. Je n'aurais voulu pour rien au monde la blesser, l'humilier, la ridiculiser ou lui faire de la peine. Ma passion pour Alice resterait mon secret. Je n'en parlerais à personne.

Parfois, poussant l'audace jusqu'à l'imprudence, je me levais vers huit heures, les jours où Alice était « du matin » pour la mise en place du snack. Je me levais doucement, pleine de fatigue et de sommeil, les yeux brûlants d'avoir dormi seulement deux ou trois heures, je courais la rejoindre au snack où elle était seule jusqu'à onze heures. Je l'aidais à placer les tables, les chaises, les couverts, titubante de fatigue, mais heureuse d'être auprès d'elle, attendant, mendiant, quêtant une brève étreinte. Ridicule, risible, moi la « reine de la nuit », en train de disposer des verres à pied et des pots de moutarde sur des nappes en papier. Je souriais de moi-même, je m'apitoyais avec quelque complaisance sur cet amour de midi qui me faisait lever à l'aube et me menait par le bout du nez !

Alice me permettait, involontairement, de redécouvrir le matin, l'air léger, encore frais et propre, que les gens de la nuit finissent par oublier. J'aimais me laisser posséder, envahir par cette impression étrange pour moi, de pénétrer dans une journée vierge, dans un jour neuf. Habituellement je ne quitte guère mon lit avant 14 heures, mais alors la journée est déjà *usée*, elle a été utilisée par trop de monde, elle me fait penser à une vieille prostituée, obligée de « servir » encore avant de céder sa place à la nuit, mon royaume. Je respirais le matin avec volupté, l'air me revigorait et remplaçait le sommeil auquel par amour je m'étais dérobée.

Parfois, Alice dessinait des marguerites sur les tickets de commande, au crayon. Elle écrivait *love* au-dessous, et me les tendait. Ce furent les seules lettres d'amour qu'elle m'écrivit jamais. Encore me les arrachait-elle des mains dès qu'elle me les avait tendues, papillons éphémères que je n'arrivais pas à conserver entre mes doigts.

– Écrivez-moi, lui disais-je. Juste une lettre, une seule.

Moi qui lui glissais des billets enflammés de collégienne...

Elle secouait sa crinière et éclatait de rire, l'œil malicieux :

— Non... pas courir de risques...

Une fois enfin, plus rapide, je réussis à agripper une de ces fleurs dérisoires. Je courus vers ma voiture. Elle me poursuivit et nous luttâmes un instant, corps serrés, sur le trottoir, mains étroitement jointes.

— Rendez-moi ça.

— Laissez-le-moi, je vous en prie. Personne ne le trouvera.

Elle me serrait violemment le poignet et ses yeux presque hostiles m'annihilaient, me liquéfiaient. Mais je tins bon. Elle finit par sourire puis me lâcha.

J'enfouis mon trésor dans une boîte d'allumettes vide que je dissimulai dans le fond de ma boîte à gants. Son attitude trop dure, qui ne convenait pas à ces jeux un peu bêtes que les amoureux inventent, m'avait heurtée, désorientée, mais très vite, je n'y pensai plus.

Le seul présent qu'elle m'offrit fut la fleur dérisoire d'un géranium arrachée d'un massif, comme je m'apprêtais à la quitter, après l'une de nos escapades en voiture. Je suis partie bouleversée par la joie et l'émotion; enfin un geste, un signe, tout était donc possible. J'ai immédiatement enfoui la pauvre fleur dans la boîte d'allumettes où elle alla rejoindre la marguerite de papier que je lui avais volée.

9.

Michel, sa femme et leur fils, Claude, sa femme et leur fille, débarquent un beau jour pour un week-end à la maison. Avec Hélène qui était toujours là, cela faisait beaucoup de monde à loger. Mais si les propriétaires avaient eu mauvais goût pour les papiers peints, ils avaient eu le bon goût d'installer une nuée de lits pliants, gigognes, encastrables, qui transformaient aisément notre salle de séjour en dortoir pour les deux familles, belle-maman venant dormir sur un matelas dans notre chambre.

Moi qui déteste les réunions de masse, la gêne que provoque la promiscuité, j'étais cependant enchantée de cette amicale irruption. Les R. et les F. sont parmi mes amis les plus proches et les plus chers. Leurs femmes aiment un peu les femmes et leurs maris sont complaisants. Où est le mal puisqu'elles s'adonnent à leurs penchants sans scandaliser, sans s'afficher, sans provoquer ? Elles sont bisexuelles et je ne les en aime pas moins d'amitié. Bien entendu, je ne pourrais jamais me glisser dans le lit et dans le cœur d'une femme au sexe innombrable, mais pourquoi n'aurais-je pas pour elles de l'amitié et de l'estime ? Elles ont un mari qu'elles aiment, des enfants qu'elles adorent, elles aiment aussi de brèves incursions dans nos Edens.

Libre à celles que cela ne dérange pas d'en faire leurs amantes et peut-être même, d'aimer ce genre de triangle isocèle. Moi je n'en fais que des amis, de très bons amis. Leurs maris sont des types merveilleux et je passe avec ces couples-là des moments de détente parfaits, sans équivoques, sans badinages. Isabelle n'entre pas vraiment dans notre amitié qui date d'avant son règne et qui durera encore lorsque, peut-être un jour, la reine Isabelle aura abandonné mon royaume.

Nous avons donc casé tout le monde mais j'ai demandé à Michel et Claude « de ne pas copuler sous mon toit » – sur le ton de la plaisanterie, mais sérieusement. En Asie, il est du plus mauvais goût de faire acte de chair sous le toit qui vous accueille et je retrouve parfois cette pudeur orientale de mes ancêtres quand un homme dort chez moi. Deux amies que j'héberge, cela ne me dérange pas qu'elles s'aiment, mais un homme et une femme, je supporte mal, allez savoir pourquoi ! La recommandation était d'autant plus gratuite que ni les R. ni les F. ne sont des « partouzards ».

Bien entendu, j'avais beaucoup parlé à mes amis de mon désir d'emmener Alice avec moi à Paris travailler au *Kat*. Plusieurs fois, tandis que sa femme et Isabelle faisaient des courses de leur côté j'avais emmené Michel au snack, pour qu'il la connaisse mieux et qu'il entérine ma décision, pour me conforter dans la fausse bonne conscience dans laquelle je vivais : Alice nécessaire à Paris...

– Qu'en penses-tu ? lui demandais-je, tandis qu'assis à la terrasse du snack nous buvions un citron pressé servi par Alice qui s'affairait seule au comptoir.

– Heuh...

Le plus grand défaut de Michel, c'est sa franchise.

Je suis un peu déçue qu'il n'éclate pas en propos dithyrambiques sur Alice, la huitième merveille du monde. J'insiste :

– Qu'est-ce que tu lui reproches ?

– Rien vraiment.

– D'accord, telle qu'elle est là, ça ne va pas pour le *Kat*, mais je me fais fort de la transformer en peu de temps. Elle a l'étoffe...

Michel sourit et me regarde de son air gouailleur :

– Tu veux encore jouer les Pygmalion...

– En général c'est une réussite, non ?

– Je te l'accorde ! Mais quand même, c'est une manie chez toi, transformer les jeunes filles !

– Tu ne comprends pas vraiment Alice. Elle a des dehors un peu frustes, mais elle est intelligente.

– Et son allure « petit mec », tu crois que tu vas pouvoir y remédier ?

– Bien sûr ! C'est même le plus facile. Avec un peu de diplomatie et beaucoup de patience, je finirai bien par lui faire jeter aux orties ses jeans et ses godillots !

– En résumé, tu vas nous livrer un produit fini, fabriqué par toi, made in Elula...

Je secoue la tête, agacée.

– Mais non, Michel. Tu n'y es pas du tout. Ni toi, ni personne d'ailleurs. Je ne joue pas les Pygmalion par orgueil, par prétention, pour créer quelqu'un à mon image. J'ai seulement un désir ardent, effréné, passionné, de donner le meilleur de ce que j'ai en moi à une fille que j'estime mériter mieux que ce que la vie et ses hasards lui ont offert jusqu'ici... Est-ce de la prétention ce besoin de donner... Et surtout, j'ai vraiment besoin de quelqu'un à Paris et Alice me semble correspondre parfaitement à la personne que je cherche.

– Mouais...

Il n'ajoute rien. J'ai peur qu'il ne me pose une question indiscrète. Malgré mon amitié pour lui, je serais obligée de lui mentir, et je détesterais le faire. Non je ne peux pas lui avouer que si je veux tant Alice à Paris c'est parce que je suis follement éprise. Et puis, je connais ses goûts, son jugement sans pitié, sans concession, il désapprouverait mon choix, il me démolirait l'image d'Alice en deux phrases, je sais lesquelles et je ne veux pas les entendre. J'aime.

10.

Je suis peu secrète. Par nature et par éducation j'aime parler, juger, raconter, ma vie, mes amours, je ne peux m'empêcher de mêler ma vie privée à ma vie publique, de faire de mes proches les témoins de mes sentiments, de mes enthousiasmes ou de mes douleurs... Pourtant je n'avais touché mot à personne de l'histoire que j'ébauchais avec Alice; pas même à Vanina, ma gynécologue, mon amie de toujours, ma confidente. Mon secret était bien gardé. Isabelle ne le saurait jamais.

– Dis-moi que tu m'aimes... Tu ne me le dis plus, exigeait-elle parfois comme pour chercher à se rassurer et à effacer la distance qui lentement, insidieusement, se creusait entre nous.

– Ne sois pas bête. Bien sûr que je t'aime, tu le sais bien.

Apparemment satisfaite d'une réponse aussi générale que commune, Isabelle passait derrière le bar du *Jockey*, superbe, admirablement séduisante. Elle quittait les disques de temps en temps pour la piste où elle dansait, se fondait dans la musique devant les clientes admiratives. Parfois Alice l'accompagnait et dansait face à elle; légère, elle bougeait pourtant pesamment et semblait maladroite, gauche, empruntée devant le corps exquis de sa partenaire qui ondulait avec élégance et beauté. Mais j'écartais même ces critiques fugaces, Alice était parfaite, et je la voulais, je la voulais, plus rien ne comptait. J'étais devenue aveugle et sourde à tout ce qui n'était pas mon désir d'elle.

Le 1er septembre Isabelle devait quitter Cannes pour aller faire des photos à Grenoble. Je l'accompagnai à l'aéroport comme si cela pouvait hâter son départ; j'étais heureuse de me débarrasser d'elle pour quelques jours, juste quelques jours, le temps de connaître enfin les caresses d'Alice.

Je dînai seule, rapidement, puis allai au snack. Alice ne passerait pas au *Jockey*, elle se rendrait directement chez moi. Feignant une immense fatigue, je quitterais relativement tôt la boîte et m'en irais la rejoindre. Alice eut un sourire où je vis la tendresse lorsque je lui glissai discrètement ma clef dans la main. En effet, Dany la cerbère était là, chignon haut perché, épiant tout de ses yeux diablement noirs, entourée de sa cour de pédérastes caquetants...

Affamée, hagarde, affolée par deux mois d'effleurements et de marivaudages, par un désir que j'avais trop longtemps retenu, j'étais au comble de l'excitation en franchissant la porte du *Jockey* où il me fallait jouer l'épuisement, faire mine de « traîner », de m'endormir... J'ai cru un instant que je n'en tiendrais pas et qu'il valait mieux partir tout de suite. Pourtant je jouai mon rôle si bien que Vanina, inquiète, se proposa de me raccompagner ! Je réussis, non sans mal, à la rassurer et à faire comprendre à tout le monde qu'il était nécessaire que je rentre me coucher.

J'ouvris la porte du couloir.

Derrière la mobylette jaune d'Isabelle, la moto rouge d'Alice.

Elle était là...

Je refermai la porte, et restai un instant contre le battant.

Dans l'étroit corridor, les deux motos, là, ensemble. Reproche tangible. Ma petite Isabelle, innocente, dormait à Grenoble. Et moi, moi la déjà mûre, l'éternelle inquiète, la perpétuelle don Juane... Qu'allais-je chercher ? Que devais-je encore me prouver ? Que j'étais encore capable de séduire une jolie fille ? Des scrupules ? Des remords déjà? Non. Rien, plus rien ne pouvait m'arrêter maintenant. Dans un état second j'avançai d'un pas. Je tendis la main vers les motos. Je les caressai au passage, l'une et l'autre, lentement. Et la jaune, et la rouge. Je laissai ma main courir sur elles, puis sur la rampe qui leur succédait.

Je frappai doucement. Elle m'ouvrit aussitôt. Elle était restée habillée de pied en cap, boots, blouson de cuir râpé, jeans et tee-shirt. Elle était là, à la place de mon Isabelle que j'avais tant aimée et dont la beauté ne me touchait plus...

Nous nous étreignîmes violemment, brutalement. Le cuir épais, rude de son blouson meurtrissait ma peau. Sensation étrange... Rien de la douceur des femmes, j'avais la trouble sensation d'être dans les bras d'un jeune adolescent...

Nous sommes restées ainsi un long moment. Vacillantes. Juste serrées l'une contre l'autre. Nous avions tout le temps. L'éternité. Il y avait si longtemps que nous attendions cet instant et maintenant que nous étions là, prêtes à cueillir le fruit de la passion de tout un été, nous n'étions plus pressées.

L'aube s'était levée. Le jour envahissait déjà la chambre et nous n'étions pas encore totalement nues. Nous prenions notre revanche sur le temps. Nous le prenions à rebours, nous nous moquions de lui.

Il n'y avait plus d'yeux indiscrets, il n'y avait plus de routes, de chemins, d'autoroutes, de sentiers, de lisières, où un voyeur pouvait surgir à tout instant.

Enfin il y avait quatre murs autour de nous. Nous étions seules, encloses.

Émerveillée, je me repaissais de ces mots : « seules, encloses », maîtresses du temps et de nous-mêmes.

De baisers en caresses, nous nous retrouvâmes enfin sur le lit. Jusque-là, nous avions tangué de murs en divans, comme deux femmes ivres.

Je découvrais son corps menu, ses seins inexistants de petite fille aux aréoles pâles, presque imperceptibles. Son sexe clair, aussi clair que sa crinière. J'étais bouleversée par ce corps aux antipodes de tout ce qui m'attire chez les femmes. Moi l'adoratrice des seins lourds comme des arbres chargés de fruits, des hanches que la main enveloppe, rondes et courbes, je tremblais d'émotion en progressant sur ce torse mince, ces hanches étroites et sèches. Ma bouche brûlait de la connaître enfin; sa peau n'était pas douce comme celle d'Isabelle, elle n'avait pas, comme elle, cette odeur d'algues et de mer qui m'enivrait lorsque mes lèvres l'entr'ouvraient. Son sexe inodore était à peine formé, comme celui d'une enfant, mais c'est celui-là que je désirais plus qu'aucun autre. La tête froide, lucide, et le cœur enfiévré, je me contemplais heureuse, heureuse d'être là, le visage entre ses cuisses, parce que je l'aimais. Elle halète comme un jeune animal, ses mains caressent mes cheveux, elle râle, elle jouit soudain et serre avec force ses cuisses contre mon visage, dans un spasme court, légère comme une colombe.

Nous ne parlons pas. Nous n'avons pas dû échanger dix phrases depuis que je suis entrée dans la chambre. Nos corps se cherchent, apprennent à se connaître. Toutes les caresses si longtemps retenues éclatent en mille étincelles. Je ne suis plus que frisson, famine, avidité. Ma peau a mal de la toucher tant et tant. Alice je t'ai prise, je t'ai connue de mes mains et de mes lèvres, mon visage est plein de toi.

Je ne voulais pas qu'elle me fasse l'amour. Mon fibrome empirait, j'allais d'hémorragie en hémorragie qui m'épuisaient. Éperdument depuis huit jours, j'avais espéré que des piqûres, prescrites par Vanina, pourraient stopper cette cataracte avant cette nuit... mais rien n'y avait fait. Alice insistait. Je résistai longtemps, gênée. Pour une première fois... Puis elle l'emporta... Sa crinière de lionne fut douce entre mes jambes...

Elle n'embrassait pas très bien, elle ne caressait pas divinement, mais je m'y étais attendue et cela ne me décevait pas. D'ailleurs qu'importait la technique. Rien, venant d'elle, ne pouvait me décevoir, j'étais ouverte, réceptive à tout ce qui venait d'elle. Je feignis l'extase. Cela n'avait aucune importance. J'étais heureuse, apaisée même.

Ce jour-là, Alice était « du matin »; elle devait donc partir à huit heures afin d'ouvrir le snack. Souvent, lorsqu'elle commençait à travailler aussi tôt, Dany lui permettait de coucher dans une chambre au-dessus du bistrot que le patron mettait volontiers à sa disposition; elle était censée y avoir passé la nuit...

Les camions avait recommencé leur ronde infernale, mais je n'entendais que nos souffles, nos silences, le bruit de nos lèvres sur nos peaux que la sueur, maintenant, collait l'une à l'autre.

Elle quitta mon corps moite avec une certaine brusquerie comme si elle refusait une dernière tendresse qui l'eût à nouveau plongée dans le désir, un désir qui, d'être assouvi alors que le soleil écrasait déjà la ville, aurait eu sur sa vie des conséquences qu'elle n'était peut-être pas encore disposée à assumer.

Elle s'habilla très vite avec des gestes d'adolescent et disparut après m'avoir longuement regardée en silence. Émue, je ne dis rien; et c'est à peine si je tournai la tête vers la porte. Quand le bruit de ses pas sur les marches se fut noyé dans celui de la rue, j'ouvris la fenêtre et me penchai au-dehors pour la voir apparaître serrant entre les cuisses que je venais de caresser avec tant d'avidité sa machine étincelante; elle la faisait avancer en la poussant de ses pieds qui touchaient à peine l'asphalte; elle se retourna, leva les yeux et me vit, presque nue, la contempler. Elle me fit un signe de la main, mit le contact, tourna avec violence la poignée gauche du guidon et m'offrit en guise d'adieu un de ces démarrages bruyants et spectaculaires qui faisait désormais partie de ma vie.

Je me recouchai sur les draps encore humides que nous avions froissés. Je me mis à plat ventre et m'endormis aussitôt dans l'odeur de l'amour, l'esprit plein de sa présence, la mémoire envahie par ses caresses.

Elle reviendrait à trois heures, une fois son service terminé.

Aux murs, les photos d'Isabelle avaient contemplé, silencieuses, des ébats dont j'espérais qu'elle ne connaîtrait jamais l'existence. Elles n'avaient pas brûlé, les punaises qui les fixaient au mur n'avaient pas explosé. Le sacrilège pourtant était consommé.

Ce furent trois jours et deux nuits d'ivresse.

Je ne sais comment nous avons tenu. Nous faisions l'amour éperdument. Notre si longue attente était annulée, engloutie, effacée par l'excès de nos étreintes.

Ce n'est que le deuxième jour que soudain, après m'avoir aimée, elle releva la tête, se dressa, prit mon visage entre ses mains jointes et murmura lentement, comme pour bien me pénétrer de ses mots :

– Je t'aime. Je t'aime, oh, je t'aime.

Son regard m'émut autant que ses paroles. Je ne répondis rien. Les yeux clos, je sentis un déferlement de bonheur et de triomphe m'emporter.

Enfin ! Enfin ces trois mots que j'attendais depuis deux mois et qu'elle ne m'avait jamais dits...

Elle reprit :

– Je ne voulais pas te le dire. Je n'en ai pas le droit.

Je la serrai contre moi.

– Mais pourquoi pas ? Moi aussi, moi aussi, je t'aime.

– Qu'allons-nous devenir ?

– Mais rien... Nous allons laisser la vie faire les choses. Nous n'y pouvions rien, dès le début, tu le sais bien...

Elle se jeta à mes côtés, prit ma main et l'étreignit. Ses yeux errèrent sur les murs tapissés des photos d'Isabelle; elle se redressa violemment, comme une bête fouaillée au vif. Je mis ma main sur ses yeux, la recouchai doucement et posai mes lèvres sur ses paupières.

– Je comprends, murmurais-je, mais tais-toi, elle ne le saura pas, elle n'en souffrira pas.

– Je ne veux pas lui faire de mal !

– Mais moi non plus !

– C'est une gosse. Je l'adore, tu comprends ?

– Je comprends. Mais ne crains rien. Elle ne saura jamais. Pour rien au monde, je ne lui ferai du mal, tu le sais.

J'étais sincère...

Comme il était touchant, cet assaut chevaleresque à propos d'Isabelle; nous la trompions mais nous lui dressions un autel ! C'était risible. Mais tous les amants sont risibles. Dieu merci, ils ne le réalisent qu'une fois la tornade passée, une fois sortis de la guimauve, des stupides « jamais, toujours » et « avant toi, rien », englués qu'ils sont dans un bonheur dont on n'a pas le droit de juger les mots qu'il fait jaillir de leur bouche. Je nageai dans le sirop, yeux clos, cœur battant, le corps bouleversé, pendant trois jours et deux nuits.

11.

Je ne fis pas l'amour avec Isabelle le soir de son retour, elle accepta mon refus facilement, trop naturellement. Nous ne le fîmes pas non plus les jours qui suivirent; elle était distante et moi je n'en avais pas envie, Alice demeurait encore trop présente dans mon esprit et dans ma chair. Dans une semaine, nous quitterions Cannes. Nous avions prévu d'aller passer quelques jours à Portofino avant de regagner Paris. Mais Alice ne se décidait toujours pas à venir travailler au *Kat*. « Pourquoi ? Pourquoi ? » ne cessais-je de lui demander, qu'est-ce qui l'empêchait ainsi d'accepter un projet qui enthousiasmait tout le monde, y compris Isabelle ?

– Je ne peux pas donner encore une réponse définitive, se contentait-elle d'opposer à mes questions pressantes.

Le retour d'Isabelle avait mis un terme à nos rencontres érotiques; j'avais même du mal à revoir Alice en tête à tête.

– Demain c'est mon anniversaire et la fermeture du snack. Mon patron nous invite tous à déjeuner sur la plage. Tu viendras ?

– Ce n'est pas très drôle de se voir au milieu de tout ce monde. On ne peut pas plutôt se voir après ?

– Impossible, je ne pourrai pas m'éclipser. Viens quand même, c'est mieux que rien. Viens... je t'en prie !

Je promis.

Je quittai l'appartement tout doucement, il était midi et Isabelle dormait encore. Je courus à la plage.

L'été touchait à sa fin, il y avait moins de monde sur la Croisette; sur le sable, les matelas et les parasols se clairsemaient; le personnel du snack, patron en tête, prenait l'apéritif, ils avaient l'air contents et satisfaits. Alice n'était pas encore arrivée, je m'installai à quelque distance du groupe en l'attendant. Bientôt ils se mirent à table. Ils déjeunèrent, se mirent au soleil, certains se baignèrent même, puis ils partirent.

Alice ne vint pas.

Je restai seule l'après-midi entier, étendue au bord de l'eau, à me morfondre. Inquiète, je cherchai à me rassurer, elle n'avait pas dû se réveiller, une fois de plus. La fatigue accumulée en cette fin de saison... J'étais furieuse, déçue et cependant attendrie en pensant à son épuisement physique. Il me semblait pourtant que, même éreintée, mon cœur m'aurait réveillée, je me serais arrachée au plus profond des sommeils. M'aimait-elle assez ? M'aimait-elle vraiment ?...

Le soleil déclinait, je me rhabillai et quittai la plage où il ne restait plus que moi, des enfants et quelques chiens enfin libres de courir joyeux jusqu'à la mer. Je rentrai. Isabelle était déjà là. Je desserrai à peine les dents, maussade. Nous ne nous demandions plus comment nous avions passé l'après-midi.

Je ne verrai pas Alice avant ce soir, tard, car elle avait son dîner d'anniversaire avec son amie Dany et son équipe de pédés de charme. Je n'aurai même pas l'occasion de lui demander la raison de son absence, si jamais elle vient au *Jockey* après la fête ; nos apartés seront trop brefs, nous serons trop entourées. D'ailleurs, quelle que fût sa raison, son excuse, le mal était fait. Je ne la verrai plus seule jusqu'à mon départ...

Il était près de deux heures du matin lorsque Alice franchit la porte du *Jockey*, visiblement ivre, elle titubait un peu. Je cherchai son regard, mais ses yeux blêmes se détournaient s'ils croisaient les miens, j'attendais un geste, un signe, mais son corps ignorait le mien. L'alcool, me disais-je, justifiait sa distance, l'appréhension d'être entendue des autres expliquait peut-être son silence.

En dansant, j'ai finalement réussi à lui arracher un rendez-vous pour le lendemain, après qu'elle m'eut dit ne pouvoir m'expliquer son absence de midi au milieu de tant d'oreilles indiscrètes. Fallait-il que nous nous voyions encore dans ma voiture ? Ne pouvait-elle demander à son patron la chambre qu'il mettait parfois à sa disposition ? Elle répondit précipitamment qu'il fallait absolument le laisser hors de tout cela...

Pour célébrer son anniversaire, notre petit groupe lui offrit un joli pull-over et le succès de l'été, *Rock My Baby*, qui faisait alors fureur et qui avait rythmé nos amours, c'était « notre air ».

Oui, je reconnais que j'ai aussi cette manie de midinette dont tout le monde ou presque, sans vergogne ni honte, est atteint. Cette manie de plaquer un fond sonore sur chacun de ses romans-photos, de coller un paysage mélodieux derrière chaque amour. Qui n'a pas son air 58 ? Qui n'a pas sa romance 67 ? Demandez votre sirop 73... Moi et Alice, cet été 74, c'était *Rock My Baby*...

Elle nous embrassa et partit très vite, trébuchante, pour rejoindre Dany.

Je l'avais bien peu vue, pour son anniversaire... quelques minutes à peine, et dans deux jours, je quittais Cannes, je la quittais, pour la revoir quand ? Je préférais ne pas y penser...

Le lendemain nous avions rendez-vous dans un petit bar, près du snack, à trois heures, après son service, pour une dernière escapade, puisque nous n'avions plus quatre murs pour nous abriter...

Pour être sûre d'être libre cette dernière fois, j'alléguai un repas chez des parents éloignés qui habitaient Vallauris et que je n'avais pas visités de la saison. Je déjeunai d'un sandwich, me promenai, impatiente, le long de la plage, et dès deux heures et demie, je me mis à l'attendre.

Je l'attendis jusqu'à six heures.

Elle ne vint pas.

J'étais triste, déçue et furieuse. Peut-être hier soir était-elle plus ivre que je ne le pensais, et en se réveillant avait-elle complètement oublié notre rendez-vous ? Ou bien s'était-elle encore endormie ? Quel amour était-ce donc que le sien qui ne l'empêchait pas de dormir, qui ne la laissait pas, comme moi, fébrile, insomniaque, impatiente, incapable de penser à autre chose !

Enragée, je ruminais ma déception. Pour m'occuper, pour ne pas penser, j'avais acheté un recueil de mots croisés; j'ai rempli plus d'une grille au cours de mes longues heures d'attente...

J'allais me lever et partir, laissant sur la table mon troisième verre de citronnade tiède, au fond duquel flottait une abeille dont la noyade m'avait distraite un instant, lorsque Isabelle déboucha de la rue du snack, sur sa petite mobylette jaune, short minuscule jaune, bouton d'or, le poussin du *Drugstore* du quartier de l'Opéra – il y a combien de temps déjà ?...

Elle sembla surprise de me voir, et heureuse.

– Oh mon pauvre amour... Qu'est ce que tu fais là, toute seule, dans ce bistrot sinistre ?

– Tu vois... Des mots croisés...

Elle venait à moi tout attendrie, gaie, jolie, douce, mon Isabelle, mon amour innocent que je trompe ignoblement, que je trompe pour rien puisqu'il ne se passe plus rien, que c'est fini, que demain Alice est de garde toute la journée et qu'après-demain nous quittons Cannes...

Elle s'installe à mes côtés. Nous sommes toutes les deux ensemble, au cœur de septembre, et notre amour est malade parce qu'une jolie fille sans intérêt m'obsède.

On va bientôt fermer le *Jockey*, il est déjà tard et, mise à part Vanina, il ne reste que deux clientes assises à une table. Je me sens un peu perdue, je ne m'explique pas ces rendez-vous manqués, je ne comprends pas Alice. Comment peut-elle... ? Pourquoi a-t-elle... ? Fatiguée, plongée en moi-même, je n'entends pas la sonnette, et découvre, surprise, la figure d'Alice dans l'encadrement de la porte. Je me lève, le cœur battant, elle me salue du bout des lèvres, se dirige rapidement vers l'autre extrémité du bar, serre Isabelle dans ses bras, et lui parle très vite, à voix basse. Lorsqu'elle revient vers moi, je suis toujours debout, immobile, inquiète et étonnée. Elle me regarde en silence, secoue sa crinière, se prend la tête à deux mains.

– Je suis une dégueulasse. Je suis une serpillière.

Je tends la main vers ses cheveux, elle recule en secouant la tête :

— Non ! Ne me touchez pas ! Je suis trop dégueulasse...

Je ne comprends pas.

— Mais qu'y a-t-il ? Que se passe-t-il ?

— J'ai dit à Dany que c'était fini.

L'allégresse ! La joie ! Enfin ! Elle s'est décidée ! Et si brusquement... Mais pourquoi tant de désespoir ?

— Mais alors ?... Elle devait s'y attendre un peu, non... Il n'y a pas de quoi se tourmenter.

— Vous ne comprenez pas. Je lui ai dit que c'était parce que j'en aimais une autre...

J'ai une coupe de champagne dans la main. Je suis adossée au bar, le dos tourné à la salle, Alice est accoudée, écroulée plutôt, près de moi.

Je marivaude une dernière fois, le cœur gonflé de bonheur.

— Ah... Et qui... aimez-vous ?

Elle me regarde droit dans les yeux. Ses yeux bleus si clairs, si transparents, si purs.

— J'aime Isabelle.

La musique couvre mon râle. J'ai gémi comme une bête blessée, comme un cerf lacéré par la meute, je serre mon verre. Comme un hoquet brutal et douloureux, un sanglot monte dans ma gorge. J'étouffe, le ventre noué, l'âme déchirée; je me tais ne pouvant articuler un seul mot, incapable de crier, de hurler. Après un long silence pendant lequel je n'entends que mon souffle, court, haletant, je finis par demander, hésitante, avec une voix presque inaudible :

— Et... elle ? Elle... vous aime aussi ?

— Oui.

Soudain je me surprends à rire. Je ris, je ris très fort, je ris trop fort. Alice me regarde avec inquiétude. Cet éclat me ramène sur terre, je retrouve ma raison. Maintenant je sais qu'il faut se battre, je sais que j'aurai à lutter contre moi-même, contre ma douleur, contre elles, contre le désespoir, contre mon orgueil blessé, contre leurs caresses, contre la vie, enfin, pour continuer à vivre.

– N'ayez pas peur, Alice, ne craignez rien. Je ne fais jamais de scandale.

J'appelle Isabelle qui, occupée à changer les disques, n'a rien vu, rien entendu.

– Alice m'a dit que vous vous aimiez...

Ironique, faussement détachée, j'ajoute :

– Je vous souhaite beaucoup de bonheur et beaucoup d'enfants.

Isabelle semble tomber des nues, son visage se crispe, elle se tourne vers Alice :

– Qu'est-ce que c'est que cette histoire...

Je lui coupe la parole :

– Inutile de t'expliquer, inutile de mentir, Alice me l'a dit. Ne crains rien, je ne ferai pas de scandale, ma chérie.

Isabelle me tourne brusquement le dos, saisit Alice par le bras, et l'entraîne vers la porte. Alice se laisse faire, elle la suit, tête basse, le regard fixé sur le sol. Elles disparaissent dans la nuit.

Je reste adossée au bar. Je suis écrasée, je suis perdue, je suis bafouée. Qu'est-ce qui est arrivé exactement ? Mais il y a huit jours, elle m'a dit qu'elle m'aimait... Mais quoi ? Mais pourquoi ?

Derrière moi, l'ambiance s'est épaissie. Je sens les regards de Vanina et Joss, intriguées par ce remue-ménage insolite malgré notre discrétion.

Isabelle revient.

Seule.

– Alice est dingue ! Je l'ai envoyée se coucher. On va fermer. Les clientes sont parties. Quand ?

Je ne sais pas. Pas vues. Pas dit au revoir. Pas fait mon métier...

Joss fait les comptes à ma place. Isabelle range les disques. Je reste dans mon coin, chien malade, grelottant. Les larmes coulent sur mes joues comme de l'eau, comme une pluie tiède que je ne peux pas arrêter.

Nous fermons le *Jockey*.

Joss et Vanina ne disent rien. Elles partent ensemble.

Nous montons dans la voiture. Isabelle ne parle pas. Je démarre, sans même me rendre compte que je suis le chemin habituel qui nous conduit devant la *Conga*.

La moto d'Alice est garée près de la porte.

Tant de petits matins, en la voyant là, mon cœur bondissait de joie à l'idée de passer encore un moment avec elle, parmi la foule des prostituées, des travestis et autres oiseaux de nuit dont elle est l'antre amical et trouble.

Je m'arrête.

– Tu ne veux pas la rejoindre ?... Isabelle fait non de la tête. Tu es sûre ?

– Ne dis pas de bêtises. On rentre à la maison, et vite.

J'obéis. Nous finissons le trajet, toujours silencieuses. Nous montons. Joss et Vanina, qui doivent dormir dans le living, nous attendent, encore debout, l'air inquiet.

Je fais à Vanina un clin d'œil rassurant avant de fermer la porte de notre chambre.

Isabelle s'abat en larmes dans mes bras. Elle parle, parle en sanglotant, comme les enfants, tout en se serrant contre moi; je comprends qu'elle me dit : « Je t'en supplie. Ne me laisse pas. Tu es devenue si lointaine ces derniers temps. Tu ne m'aimes plus. Tu as tellement changé... Tu es si méchante avec moi, si dure... Ne m'abandonne pas... »

Et moi, accrochée à elle comme une épave, moi qui me noie, accrochée à elle comme elle s'accroche à moi, je sanglote aussi.

Je ne peux lui répondre, je ne peux lui dire que mes larmes ne coulent pas seulement pour elle, que mes larmes ne sont pas dûes à la crainte de la voir me quitter, que je pleure parce qu'Alice m'a trahie, parce qu'elle a bafoué mon amour, parce qu'elle a trompé mon attente et mon désir, parce qu'elle a choisi de t'aimer toi, Isabelle mienne, parce que j'ai peur qu'elle t'ait volé l'amour que tu me portes, ou que tu me portais, parce que j'ai soudain tout perdu, toi, elle et ma jeunesse.

Pourquoi Alice m'a-t-elle fait cela ? Pourquoi ce jeu ? Si elle aimait Isabelle, pourquoi toute cette comédie, pourquoi, et surtout, oh ! Pourquoi ces trois jours, ces deux nuits d'amour fou ? Pourquoi m'a-t-elle dit qu'elle m'aimait il y a seulement une semaine après avoir refusé de me le dire pendant deux mois ? Je ne comprenais pas, je ne comprenais plus. Je pleurais, je pleurais, serrée contre Isabelle. Nos larmes se mêlaient. Nos sanglots se faisaient écho. Isabelle continuait à balbutier des chagrins sans suite, craignant pour mon amour.

Je la consolais; sans mentir, je disais :

– Mon amour, c'est fini. C'est vrai, j'ai été dure. C'est vrai, je n'ai pas toujours été gentille. Mais la fatigue, mais le travail, mais mon opération bientôt.

Mais je t'aime. Mais oui je suis là, je serai toujours là, je t'aime.

Nos visages ruisselants, nos lèvres qui lèchent nos larmes, qui s'entre-dévorent, qui se mordent pour mieux se posséder. Nos sanglots deviennent plaintes et nos douleurs caresses. Nous faisons l'amour violemment, bruyamment, sans nous soucier de Vanina et Joss qui dorment à côté. Nous retrouvons l'amour ensemble, nous crions pour l'affirmer, pour le recréer, le reconstruire, nous prouver qu'il existe encore et toujours.

Je fais l'amour avec désespoir. Il y a huit jours, c'est Alice qui gémissait sur ce lit en criant qu'elle m'aimait. Il y a huit jours, les photos d'Isabelle lui blessaient les yeux. Je sais pourquoi maintenant. J'avais cru naïvement que c'était le remords... C'était Isabelle qu'elle aimait. Comme elle a dû souffrir de l'ersatz que je représentais ! Elle m'a fait l'amour comme au reflet d'Isabelle. Elle s'est jouée de moi tout entière.

Étrangement, je ne lui en veux pas... Le fiel qui emplit ma bouche est pour moi, pour moi seule. Comment ai-je pu croire un instant qu'Alice pouvait me préférer à Isabelle ? Je mérite d'avoir mal, je mérite de souffrir, aveugle, orgueilleuse, sotte ! Mais pourquoi avoir couché avec moi ? Et les mêmes questions sans réponses revenaient me hanter, l'esprit plein du souvenir de gestes, de situations qu'il me fallait désormais interpréter différemment, plein de paroles dont il me fallait changer le sens... Leurs jeux de jeunes animaux sur la plage... Un alibi, pensais-je alors, naïve, pour mieux cacher nos amours coupables ! C'était moi l'alibi ! Pour cacher sa passion, Alice m'aveuglait de désir ! Et tel autre jour quand...

Et ce moment où... Et pourquoi... Et comment... Mon Dieu que j'étais cruellement punie !

Isabelle dort maintenant dans mes bras. Je regarde ses photos sur les murs, ce corps superbe, ce visage adorable auquel Alice n'a pas pu résister. Moi je suis là, fanée, épaissie par l'âge, marquée par le temps. Ton temps est passé, Elula ! Le charme ? l'intelligence ? Ah ! rions... Ton éclat s'est transformé en éclaboussures, juste des éclaboussures. Tu devrais enfin comprendre que tu as une chance inouïe de tenir entre tes bras une femme comme Isabelle... et qui t'aime. Tu as osé la tromper. Tu ne la mérites pas ! Tu ne mérites pas ta chance don Juan blet, Casanova flétri, Elula *has been*.

Pourquoi est-ce que je n'en veux pas à Alice ? Je ressens la tristesse, l'amertume, le chagrin fou, le mépris pour moi-même, mais nullement la colère, ou la haine, plutôt une immense lassitude. Allongée sur mes ruines, ma petite Isabelle respirant calmement dans mon cou, mon oxygène, ma secourance, ma survie, je me livre à ma raison désespérée. Je revois sans cesse le film de l'été, en marche arrière, flash-back et ralenti, surimpression et fondu-enchaîné, tout défile. Immobile, les dents serrées, les ongles enfoncés dans la paume, je continue à essayer de comprendre.

Peut-être a-t-elle été amoureuse de moi d'abord; en tout cas attirée par cette Elula presque légendaire dans le microcosme des femmes qui préfèrent les femmes. Elle a voulu me séduire, par jeu, par goût de gagner... Peu à peu elle fut séduite à son tour, conquise par Isabelle inconsciemment. Et notre trop brève aventure, conclusion physique du marivaudage de l'été, agit comme un révélateur : c'est ce jour-là, c'est ce matin blême où elle a joui par mes lèvres et où son regard s'est posé sur les photos des murs, qu'elle a dû réaliser que c'est celle-là qu'elle aimait, cette adorable beauté impuissante, collée au mur, épinglée, clouée, et que nous trahissions.

Il n'y a rien eu entre elles. Elles n'ont pas fait l'amour ensemble, cela je le sais. Quand en auraient-elles eu le temps puisque j'accaparais chaque fois Alice lorsqu'elle était libre ?

Alors pourquoi cette déclaration à deux jours de notre départ ? Pourquoi cet enfantillage ? Qu'espérait-elle ? Qu'Isabelle me quitterait, resterait à Cannes pour faire des photos sur la Croisette tandis qu'elle continuerait à rincer des verres au snack ? Puérilité. Gamineries.

Il est onze heures du matin. La chambre est striée par les rais de soleil. Les camions grondent, moins fréquemment. J'ai froid dedans... Isabelle dort toujours. Je me serre contre elle. Je la respire. Je voudrais la réveiller, lui raconter ma peine, la tragique méprise dont j'ai été le jouet. Mais je n'en ai pas le droit; notre convention : jurer de ne jamais s'avouer nos infidélités me l'interdit. Je me tairai. Je lécherai seule mes plaies. Je porterai le silice, je saignerai, souriante. Lutter contre Isabelle !... Avoir été en lice avec mon amour, en compétition avec ma petite fille, ma petite sœur... Si on me l'avait dit, jamais... Etais-je folle ? Comment ai-je pu mettre en cause ma vie avec Isabelle, pour ce petit motard charmant ? Mais avais-je le droit de dire cela ? Je ne sais pas, je ne sais qu'une chose : il me faudra désormais apprendre à vivre avec mes contradictions.

Vers midi, Isabelle se réveille. Le temps de réaliser tout ce qui s'est passé, et elle se serre frénétiquement contre moi. Nous refaisons l'amour, avec la même ardeur qu'à l'aube, comme deux nageuses qui se retrouvent épuisées sur la berge, éperdues, à bout de souffle, conscientes d'avoir frôlé la catastrophe, affamées de revivre. Vint alors l'heure des promesses, l'heure de ces mots peut-être bêtes et banals, mais que l'on dit avec l'âme :

– Jamais plus, mon amour, je ne serai méchante. Jamais plus je ne serai aussi loin de toi. C'est mon opération... C'est ça qui m'a troublée tout l'été. Et puis, le club. Ça n'a pas marché comme je le pensais, tu le sais. Alors j'avais l'esprit ailleurs... Plus jamais, je te le promets.

Oui elle comprenait, oui elle pardonnait, oui elle voulait tout, elle ne voulait rien d'autre que rester auprès de moi.

– Ma maman, mon amour, ma vie, Elula...

– Ma biche, mon amour, mon petit, Isabelle...

Et je répétais, Isabelle, Isabelle, émue, troublée, épuisée par mes sentiments et cette nuit sans sommeil.

12.

Il me semblait impossible de quitter Cannes sans qu'Isabelle et moi-même ayions une explication avec Alice. Je sentis Isabelle hésiter un instant avant de répondre affirmativement à ma proposition.

J'avais mal lorsque mes doigts formaient le numéro d'Alice qui est l'un des rares que je connaisse par cœur, n'ayant en général aucune mémoire des chiffres. Combien de fois ne l'ai-je pas composé cet été, impatiente, amoureuse, pour lui arracher des rendez-vous dérisoires...

– C'est moi, Elula

– ...

– Je crois qu'il serait bon qu'on s'explique toutes les deux; Isabelle voudrait vous parler elle aussi.

– J'ai horreur des drames !

– Rassurez-vous, il n'est pas question d'en provoquer un. Si vous voulez, je passe vous prendre vers 3 heures et je vous conduirai à la plage où Isabelle vous attendra. Je ne tiens pas plus que vous à une explication à trois !

– D'accord, répondit-elle sèchement avant de raccrocher.

Je la vis apparaître à l'autre bout de la place où je m'étais garée. Elle avançait vers ma voiture l'air buté, marchant lourdement dans ces énormes boots que je m'étais promise de lui faire abandonner. Sans un mot, elle monta dans la voiture. Qu'ai-je à lui dire ? Est-ce vraiment la peine de lui demander une explication ? N'ai-je pas compris finalement les raisons qui l'ont poussée à agir avec moi comme elle l'a fait. Pourquoi ai-je provoqué cette réunion ? Peut-être uniquement pour qu'Isabelle lui dise qu'elle ne me quittera jamais ? Je ne sais pas, je ne sais plus. Sans trop savoir ce que j'allais dire, je la saluai; elle ne crut pas bon d'y répondre.

– Vous n'avez rien à me dire, Alice ?

– Non... vous ne pouvez pas comprendre.

– Vous croyez ?

Je sens qu'elle me déteste; elle m'en veut sûrement d'avoir gardé Isabelle, d'avoir perdu un combat qui n'existait que pour elle et qu'elle seule a provoqué.

– Vous savez, Alice, je n'ai rien fait pour retenir Isabelle; c'est elle qui ne veut pas me quitter...

– Je sais.

Que peut-on encore se dire ? Je suis mal à l'aise; une profonde tristesse m'envahit soudain. Je me tais, je préfère me taire, comme si j'avais peur d'avoir trop mal. Nous sommes arrivées à la plage. Isabelle est au bar. Je les y laisse. Je rejoins sur le sable Vanina et Joss qui m'interrogent du regard. Je les rassure :

– Tout va bien, un simple malentendu...

Personne ne doit savoir ce qui s'est véritablement passé cet été. Je m'allonge auprès d'elles en évitant de regarder mon corps trop mûr... Elles sont attablées, là-bas, je les imagine, je les vois même après avoir relevé la tête; appuyée sur mes coudes, je les épie; je voudrais les entendre, écouter Alice, que peut-elle dire ? Me hait-elle vraiment ? Elles parlent peu et lorsque le garçon vient prendre la commande, elles refusent et se lèvent. Elles remontent sur la Croisette, font quelques pas, avant de s'asseoir un instant sur la murette; puis Alice se dresse et s'éloigne. Lentement, Isabelle descend me rejoindre. Je me promets de ne rien lui demander et de refuser de l'entendre, je voudrais retrouver une certaine sérénité, éviter les paroles qui me font mal. Je l'observe toutefois, espérant que son visage reflétera les mots qu'elles ont échangés. Souriante, elle s'installe à mes côtés et m'embrasse tendrement la main.

Rien ne s'est passé; il y a la plage, le soleil, la mer, les amies; il reste Isabelle, il reste Elula avec ses plaies secrètes qu'elle voudrait oublier; demain elle quitte cette ville, elle fuira enfin cet enfer où elle vécut avec une désinvolture qui lui vaut aujourd'hui de souffrir et saigner.

Le soir de fermeture, toutes ces lesbiennes de la Côte qui hésitaient à venir au *Jockey* où je souhaitais pourtant les voir sont venues saluer la fin de l'été. Il y a foule. Alice aussi est venue. Seule, très décontractée. Je lui ai dit bonsoir comme à n'importe quelle cliente. Installée au bar, elle boit et bavarde avec naturel. Tout se passe bien, je reste calme. Affairée, je l'observe pourtant sans cesse, j'ai peur, j'ai peur de moi-même. Tout se passe bien, tout se passe bien, je me répète ces mots, je les chuchote presque, comme s'ils pouvaient m'éviter de saigner. Sans doute me les répétais-je encore quand je vis son regard transparent plonger dans celui d'Isabelle qui était venue s'asseoir à ses côtés. Elles se regardent une éternité, j'y vois toute la tendresse du monde, toute la complicité de l'amour. C'est plus que je ne peux supporter. Depuis hier je suis, ou j'essaie d'être noble et généreuse, je ne peux plus, je n'en peux plus. Je m'avance vers elles qui ne me voient pas, une bouteille de whisky traîne sur le bar, je m'en saisis et la pose brutalement sur le comptoir, devant Alice. Elles sursautent toutes les deux comme des enfants arrachés brusquement à leur rêve. Je tente de me modérer, de me calmer pour pouvoir parler. Ma voix est coupante mais entière :

– Je crois que ça suffit ! Ne pensez-vous pas que votre place n'est plus ici ? Qu'il est temps pour vous de partir ?

J'ai l'impression qu'Alice n'est déjà plus là, qu'elle est ailleurs, dans un lieu où je ne puis l'atteindre. Elle répond, lentement :

– Oui, vous avez raison, Elula. Je pars, je m'en vais... Au revoir Isabelle, conclut-elle après s'être retournée vers elle avec douceur.

– Au revoir Alice.

Elle se lève. Je l'accompagne vers la sortie, lui ouvre la porte une dernière fois; elle franchit le seuil où je m'arrête, figée, immobile. Elle est à pied. Elle descend du trottoir; au milieu de la rue qu'elle traverse, elle se retourne vers moi et, plus énigmatique que jamais, me regarde longuement. Elle ouvre la bouche comme si elle voulait parler et secoue lentemen la tête avant que la nuit ne la couvre. J'aurais voulu hurler.

Le lendemain, nous plions bagage. Le chien Victor arrive tout juste à se trouver une petite place dans l'amoncellement de valises. Les romanichelles sont parties; elles étaient venues faire trois petits tours, une pirouette ratée, une cabriole à se casser les reins, les voici qui repartent sur la route qui poudroie, vers des lendemains qui...

Nous avons passé huit jours en Italie, à Portofino, avant de rentrer à Paris.

Pendant toute cette semaine, Isabelle fut prise d'une véritable boulimie amoureuse. J'étais épuisée, mais je ne voulais pas le montrer et encore moins le lui dire. La fatigue n'avait-elle pas été le prétexte qui m'avait permis de l'éloigner de mon corps quand j'étais pleine d'Alice ? Aussi, fatiguée par la maladie et les événements cannois, je ne protestais pas et lui faisais l'amour comme elle voulait, quand elle voulait. Isabelle était toujours aussi douce, pulpeuse, odorante, et je la dévorais avec un réel plaisir. Mais une fois venue cette sérénité parfaite qui succède à la jouissance, Alice m'envahissait tout entière. Je n'avais nullement réussi à me débarrasser de son fantôme. Il me suffisait de voir une moto comme la sienne posée contre un mur, d'entendre « notre » chanson qui sévissait aussi en Italie, pour qu'une lame acérée fouaille ma blessure, mon cœur ouvert et sanglant. Je serrais alors les lèvres pour ne pas gémir.

Pourtant il me fallait sourire. Car ce n'était pas moi, la convalescente n'est-ce pas, c'était Isabelle. C'est elle qui avait souffert de ma froideur, c'est elle qu'on avait aimée, qui avait un peu aimé aussi, sans doute, et qui avait maintenant une petite peine qu'il me fallait panser.

Moi ? Quoi moi ? Que s'était-il passé pour moi ? Rien. J'avais failli perdre Isabelle par mon détachement apparent, c'est tout. Je n'avais rien à dire. Rien à pleurer. Pas triste Elula, aucune raison d'être triste, Elula. Au contraire ! Cœur dilaté de bonheur, pleine de joie : tu as failli perdre l'amour d'Isabelle et elle t'est restée. Elle t'aime toujours. Elle n'aime que toi. Elle a eu un choix à faire et tu as gagné. Que veux-tu de plus ?

Alors, chante, Elula. Plaisante. Fais l'amour, ris. Paillasse. Alice n'existe plus.

Tu n'as jamais existé pour Alice.

Estime-toi heureuse, pauvre vieille folle, d'avoir conservé miraculeusement la tendre, l'adorable, la merveilleuse Isabelle que tu as débusquée au fond du *Kat* il y a déjà quatre ans...

Je parlais, je vivais, je riais, j'étais morte. Tout recommençait, les mêmes questions continuaient de m'assaillir. Pourquoi cette fille avait-elle ainsi agi avec moi ? J'essayais de comprendre. Je repassais sans fin le film de l'été, dans les criques italiennes ou dans les bruyères du mont Ventoux, au bord de la rivière qui roulait ses galets au pied du village que j'aime, à Pierrelongue. Pas une scène oubliée. Pas un mot d'Alice dont je ne me souvienne. Cent fois, mille fois par jour, j'interrogeais ma mémoire. Je parlais à Isabelle, je faisais l'amour à Isabelle et j'en étais à : « Mais pourquoi m'avoir dit ceci, tel jour, à telle heure, en me caressant la nuque ? »

Je caressais le corps ferme et doux d'Isabelle et c'est un corps de garçonnet qui me hantait. J'englobais de mes mains les seins d'Isabelle et c'étaient les petits seins d'Alice que je sentais sous mes doigts. Est-ce cela l'enfer ? Un paradis où l'on ne veut plus séjourner ?

Jour après jour, revivant chaque scène, scrutant chaque image, j'en arrivai à la conclusion qu'enfin, cette fois, j'avais définitivement tout compris de notre histoire, ses raisons, ses formes, ses conséquences... Je commençai alors à rédiger mentalement une très longue et belle lettre à Alice. Apparemment attentive, souriante et tendre avec Isabelle, je l'avais à nouveau quittée, elle n'était plus qu'un fantôme de chair que je préservais des phrases qu'en silence j'écrivais à une autre.

A force d'écrire et de réécrire dans ma tête la lettre à Alice, j'en sus bientôt chaque mot par cœur. Il ne me restait plus qu'à la transcrire sur le papier. Je décidai d'attendre notre retour à Paris.

DEUXIÈME PARTIE

Alice, Cannes et Paris

1.

Il y avait là Maryem, ravissant cerbère métis incorruptible dont la mémoire infaillible ouvre ou laisse close la porte devant l'habituée, l'amie, la passante et la femme qui vient la nuit au *Katmandou*, mon royaume. Maryem, qui sait tout et ne dit rien, hante le vestiaire où l'on parle volontiers, comme si elle était absente.

Il y avait là, fidèle et tendre, auprès des disques, Momo, toujours un peu distante, ne se mêlant de rien, bougonnante à peine, et seulement parfois.

Il y avait là le sourire de Pascale et son cœur doux; derrière le bar, elle règne, efficace, pondérée, avec son amitié sûre mais lente à se donner.

Il y avait pour servir dans la salle une erreur. J'oublie le nom de cette fille qui nous insupporte, mime capricieux et vulgaire dont nous ne voulions plus entendre le rire trop bruyant, hélas, encore là.

Il y avait Aimée, enfin, elle est moi-même, autrement, laconique et fulgurante; elle est aussi, présente et sûre, *le Katmandou* même.

Cette première nuit parisienne dans mon royaume nocturne me rendait lyrique et me permit de retrouver le goût de la sérénité qu'Alice, Isabelle et

Cannes m'avaient fait oublier. Seigneur ! Qu'avais-je été faire au *Jockey* sinon perdre mon temps et une partie de mon âme ! Je crus habile toutefois d'apparaître enchantée de mon séjour cannois. Les récits de fausses joies estivales achevés, Aimée voulut se renseigner sur cette fille dont je lui avais tant parlé au téléphone et qui, à m'en croire, était idéale pour le club.

– Sa venue n'est plus très sûre, répondis-je, apparemment décontractée, il y a eu des petits problèmes. Il ne faut pas désespérer, mais cherchons quand même sur Paris. De toute façon, elle ne pourra pas être libre avant novembre; elle aura alors quelques jours de vacances et en profitera sans doute pour venir nous voir... On verra bien.

La première nuit où Isabelle ne m'accompagna pas au *Kat*, j'écrivis à Alice cette lettre que je portais en moi depuis si longtemps. Ayant compris que je ne pourrais dominer ni les hésitations ni les contradictions qui troublaient ma raison et agitaient mon cœur, je me décidai à en faire les compagnes – que j'espérais provisoires – de ma vie dont, pour l'instant, le sens, réellement, m'échappait. Ainsi, malgré le calme – tout relatif mais bienfaisant – que j'avais retrouvé à Paris, les quelques jours de réflexion que je m'étais donnés confirmèrent la décision que j'avais prise instinctivement : ce soir-là, appuyée sur la glacière, je noircissais du papier pour Alice. Ce fut une véritable dictée automatique tant j'avais intériorisé le contenu de cette lettre dont l'emplacement même des virgules m'était parfaitement connu; j'en recommençai pourtant plusieurs fois la rédaction, je craignais trop qu'elle ne puisse lire une écriture désordonnée; je calmai donc ma fièvre et soignai ma calligraphie... Satisfaite enfin après trois tentatives, je m'apprêtais à relire mes pages, quand je remarquai les regards, empreints d'un mélange d'étonnement et de curiosité que les filles, les amies et certaines clientes me jetaient à la dérobée. Je cachai vite la lettre. Aimée qui s'était approchée me demanda, ironique, si j'écrivais ma vie. Je faillis lui répondre « presque »; mais je me contentai, souriante, en badinant, de lui dire que cela ne saurait tarder; j'ignorais alors que six ans plus tard, le récit en constituerait mon troisième livre...

« *Je vous en prie Alice, ne refusez pas de me lire, tant de choses dépendent de cet effort qui ne vous coûtera guère...* »

Ainsi commençaient les dix pages que je finis par aller relire... aux toilettes. J'y exposai, comme si je m'adressais à une étrangère, ce que je croyais être le sens entier de notre aventure : l'explication de son attitude, plus pure et légitime que je ne l'avais cru sous l'effet de ma douleur, née de son aveu; les raisons pour lesquelles je pensais qu'elle souffrait encore; combien j'étais, peut-être, la seule à même de la comprendre, de l'aider sans doute. Pas un mot de reproche n'obscurcissait mon propos, il me désignait moi, Elula, comme l'accusée, coupable de n'avoir pas deviné, de n'avoir pas senti son amour pour Isabelle alors que j'aurais dû, puisque je l'avais aimée, elle, Alice. Aveugle et sourde, je lui demandais pardon. Dans ce jeu cruel à trois il n'y avait pas de vainqueur, nous étions au moins deux à souffrir. Isabelle avait déjà oublié, il ne fallait pas lui faire de mal, jamais; elle devrait toujours ignorer que nous deux, qui l'aimions tant, l'avions pourtant trahie.

Maintenant, si elle se sentait capable de venir tout de même travailler à Paris, comme je lui avais proposé, si elle se sentait assez forte pour oublier Isabelle, la place était toujours libre, qui l'attendait. Quant à moi, je lui en faisais serment, mes plaies étaient pansées, les cicatrices presque effacées. Elle ne trouverait en moi et n'aurait à y chercher qu'amitié, compréhension et tendresse...

J'envoyai ma lettre comme une bouteille à la mer. Deux jours plus tard, elle m'appelait au club; je l'écoutais émue, presque étonnée, tant je désespérais de sa réponse.

– J'ai reçu votre lettre. Elle est... je ne sais pas comment dire... (Avait-elle jamais su...) Elle est trop bien. Je ne peux pas vous expliquer. Vous ne pouvez pas comprendre...

— Mais si, vous voyez bien que j'ai compris, Alice.

— Non. Ce n'est pas ce que je veux dire...

— Viendrez-vous ?

— Écrivez-moi... officiellement, avec un mot d'Isabelle qui confirme qu'elle est d'accord pour que je vienne.

— Très bien, ce sera fait dès demain.

– Au revoir, Elula.

– Au revoir, Alice.

Elle raccrocha très vite, trop vite. La brièveté, la sécheresse de ses réponses, je ne pus me le cacher, me fit mal.

Isabelle relut la lettre « officielle » et amicale que, comme promis, j'écrivis à Alice; elle y ajouta quelques mots que je crus bon de ne pas lire. Impatiente, je postai l'invitation le lendemain de sa rédaction, le jour même où les portiers de France et de Navarre déclenchaient une grève... illimitée !

Une semaine, deux semaines passèrent... Bientôt novembre, et avec lui les vacances d'Alice et mon opération... Il me fallait absolument savoir si elle allait ou non venir.

– Téléphone-lui, dis-je à Isabelle un soir, avant de partir pour le *Kat*. Elle n'a pas dû recevoir notre lettre.

Dès mon arrivée au club, j'appelle la maison. Le téléphone reste occupé une heure et demie. Je me lasse, je m'inquiète, je m'énerve... Au bout de deux heures, Isabelle m'appelle et d'une voix presque hostile m'annonce :

– Elle vient. Tu es contente ? C'est ce que tu voulais ? Eh bien voilà, c'est fait !

Elle raccroche brutalement. Je ne comprends pas très bien sa réaction, je ne veux pas la comprendre; je noie le soupçon d'angoisse qui m'étreint pendant une seconde dans la joie ambiguë que provoque en moi cette nouvelle. Je suis convaincue que la présence d'Alice à mes côtés m'aidera à mieux panser mes plaies : son absence, la scène de notre dernière rencontre, le souvenir de nos caresses et tant d'autres choses encore lui donnent une place trop importante dans mon esprit. A ses côtés je saurai l'oublier, je saurai n'être plus qu'une amie tendre. Le manque d'elle me donne le vertige et je me surprends même parfois à gémir, secrètement.

Je cours vers Aimée lui annoncer la bonne nouvelle.

2.

Je commence à peine à me réveiller. Je gémis. On m'a ramenée de la salle d'opération il y a six heures déjà. J'ai voulu tout de suite remonter à la surface, j'ai reconnu Isabelle, j'ai essayé de lui sourire, de lui parler. J'ai même plaisanté, la bouche pâteuse, avec Vanina, venue assister à l'intervention. Le premier mot que j'ai prononcé fut le mot « aléatoire ». Il y a un an, lorsque j'ai appris que j'avais un kyste douteux au sein, j'avais dit à Isabelle : « Si jamais je me réveille avec un sein en moins, je ne veux plus te voir, *jamais*, parce que tu es jeune, que tu es belle et que tu ne dois pas vivre auprès d'une vieille mutilée. » A peine réveillée, dans l'ascenseur qui me ramenait du bloc opératoire, j'ai tout de suite demandé à Vanina : « Alors ? » Cette dernière m'avait rassurée. Ce n'était vraiment qu'une tumeur bénigne.

– Et ce n'est pas un résultat a... lé... a... toire...

Ce mot de cinq syllabes prononcé dans une semi-inconscience avait fait rire tout le monde.

Je l'ai redit tout à l'heure, à midi, juste avant de sombrer à nouveau dans le sommeil. Je ne me réveille vraiment que maintenant. Je me plains. Isabelle me caresse le front.

– J'ai soif... J'ai mal...

Elle humecte mes lèvres avec un gant de toilette humide. A la différence de l'an dernier, je n'étais absolument pas inquiète : « Un fibrome ça n'est rien, ai-je dit, au contraire, profitons-en. Je vais me faire enlever ces ovaires qui me mettent en état d'infériorité trois jours par mois. Combien de temps dans une vie, tu as calculé Isabelle, mon amour ? Et toi, avec tes vingt-trois ans, tu te rends compte combien d'années encore à souffrir à cause de cette éclosion d'œufs dont je n'ai, dont tu n'as que faire ? Qu'on m'enlève tous ces trucs qui me sont superflus et qu'on les donne au chat ! A moi la classe ! Finies les "périodes" ! Vive la ménopause contrôlée ! »

Tout se passe pour le mieux. Isabelle a été adorable. Elle ne m'a pas quittée un instant, elle était plus alarmée que moi. Mon Dieu comme elle est douce, et tendre, et sensible, ma petite fille, ma petite fille...

Je sais tout cela. J'en suis consciente. Je me battrais de ne plus avoir d'élan amoureux véritable envers elle. Mon amour est-il mort ? Je ne le veux pas. Je veux « nous », je veux « la » préserver. Mon petit enfant, tu es ma seule famille et je tiens à toi par tous les instants du passé, par tous les tourments du présent. Sois mon avenir, je t'en supplie. Apprends-moi à t'aimer à nouveau comme je t'aimais jadis. Y a-t-il un dragon de légende qui en possède la recette ? Laisse-moi, alors, me lever, voûtée, pliée, par cette douleur qui me taraude encore le ventre, et laisse-moi chanceler, tituber, ramper, me traîner jusqu'à sa caverne pour lui en arracher la recette. Je *veux* t'aimer encore, Isabelle mon enfant-reine. Mon cœur ne bat plus. Il gît sur une plage de Cannes. Je t'en supplie, ramasse-le et réapprends-lui à battre pour toi, toi qui m'aimes, toi qui es tout ce que je pourrais jamais désirer de plus beau au monde, toi que j'ai aimée comme je n'avais jamais aimé...

Pourtant, pourtant, j'ignorais la moitié des événements qui avaient lieu à Cannes... Après la scène du *Jockey*, Isabelle était sortie derrière Alice et l'avait interpellée :

– Qu'est-ce que ça signifie ce cirque ?

– Mais tu sais bien que je t'aime.

– Mais pourquoi le dire à Elula ? Ça va pas, non ?

– Je t'aime. Je n'ai pas pu le lui cacher.

– Et alors ? Ça t'avance à quoi ?

– Mais tu ne peux pas me laisser...

– Tu rigoles... Je ne t'ai jamais rien promis. Je rentre à Paris avec Elula, un point c'est tout.

– Mais Isabelle je t'aime ! Je t'aime comme une folle, tu le sais bien ! Je l'ai même dit à Dany, tu le sais !

– Et alors ? Moi aussi je t'aime. Mais il n'a jamais été question que je fasse ma vie avec toi ! Ma vie est à Paris, avec Elula.

La première fois qu'elles avaient fait l'amour ensemble, ce fut le jour de l'anniversaire d'Alice. Pendant que tout le personnel du snack déjeunait à la plage, Isabelle l'avait rejointe dans l'appartement de son patron, au-dessus du bar.

Et puis l'après-midi du lendemain, aussi, lorsque j'avais inventé de toutes pièces un déjeuner chez les cousins à Vallauris. C'est en quittant Alice qu'elle est venue me rejoindre au bistrot où j'étais en train de faire sagement des mots croisés. On trouve toujours le temps de faire l'amour et les deux belles ne s'en privèrent pas... Après notre départ de Cannes, elles ont d'ailleurs continué à le faire !

Alice est venue voir Isabelle à Paris, deux ou trois fois, en avion, pendant ses jours de congé.

Elle avait déjà parlé cent fois avec Alice de sa venue à Paris. Elle lui téléphonait tous les soirs à la maison, dès que je partais travailler.

Alors, puisque je tenais tant à la voir, Isabelle lui avait dit :

– Si tu viens travailler à Paris, ce sera fini entre nous. Copain. Copain. Je ne veux pas risquer mon ménage avec Elula. Je t'aime, tu le sais, mais j'aime aussi Elula et je ne veux pas la quitter, pas maintenant.

Elle a mis du temps à accepter. Finalement, elle a capitulé : « Mieux vaut te voir chaque jour "en copain" que de ne plus te voir du tout... »

La clinique est à cent mètres de la maison. C'est pratique. Tout le monde vient me voir. Tout le monde, c'est-à-dire Isabelle, bien entendu, Aimée qui habite le même îlot d'immeubles ainsi que Dominique. Dominique qui a été mon amie il y a ... Comme c'est loin. Quinze ans déjà, je crois... Nous sommes restées unies, liées. Nous avons acheté une maison au pied du Ventoux toutes les deux, et c'est ensemble que nous y finirons nos jours, le soir quand je serai devenue trop vieille pour accueillir mes belles de nuit, mes belles de jour, au creux de mon *Kat* rouge et noir.

Pourquoi cette certitude que c'est avec elle que je terminerai mon parcours, que c'est ensemble que nous aurons des chiens-loups, des pinschers, un singe, des poules, des lapins et, pourquoi pas, Perrette, un gros et gras cochon ? Parce qu'elle est, de toutes celles qui ont partagé ma vie, la seule qui soit de mon âge. Ou presque. Deux ans seulement de moins que moi ! Moi qui ne suis attirée que par la jeunesse... Isabelle est mon record ! Vingt-trois ans de différence ! Mais cela ne me fait pas peur ! Je me sens si jeune lorsque j'aime... et je me suis sentie parfois si vieille en voyant deux chiots fous jouant sur la plage : Isabelle... Alice...

Mais n'en parlons plus. Il ne faut plus. Page tournée, irrémédiablement. Il y a Isabelle, seulement elle, plus jamais une autre. Ma petite déesse que j'ai foulée au pied, que j'ai failli renverser à tout jamais... Elle est là chaque jour, de longues heures, avec le chien Victor amené clandestinement dans son manteau et que je cache sous les draps quand rentre une infirmière.

Quel échec quand même, ce triste coït de l'été... Comme on s'est joué de moi... La blessure se referme petit à petit. Le soir, je m'endors en écoutant des cassettes. Et lorsque j'entends, les yeux grands ouverts dans la nuit, *la* chanson de l'été, j'ai toujours aussi mal. Un mal sourd que j'enterre, que j'ensable, que j'enlise au plus profond de moi.

Alice, je t'attends. Je t'attends pour *travailler*. Je ne te parlerai plus de l'été. Tu ne sauras pas combien j'ai été meurtrie, combien j'ai eu mal à mon orgueil. Don Juan en a pris un sacré coup mais je serai souriante et badine. Mais je te verrai. Je t'aurai fait venir à Paris, auprès de moi, et ce sera quand même une façon de t'avoir conquise.

Sam aussi vient me voir à la clinique.

Sam, c'est le mari de l'amie de Dominique.

Sam, c'est notre bon nounours, une espèce de père Noël, de pacha dans nos vies de femmes sans hommes.

Directeur de je ne sais combien de sociétés, nous faisons appel à lui pour tout ce dont nous avons besoin. C'est notre *deus ex machina.*

– Sam, je voudrais une télé couleur.

– Sam, je voudrais un salon en daim.

– Sam, j'ai d'énormes impôts qui me tombent sur le dos, tu connais quelqu'un aux Finances ?

– Sam, je m'ennuie, j'ai le vague à l'âme, emmène-moi dîner quelque part...

– Sam, emmène-moi dans une synagogue où les chants sont si beaux.

Et Sam est là. Il fournit tout, trouve et l'achète moins cher que tout le monde, arrange les impôts, nous emmène s'il le faut, dans un grand restaurant ou au petit chinois du coin, selon nos envies. Il est le confident, l'ami, notre Sam à toutes. Nous qui rejetons les hommes de notre vie, nous avons phagocyté celui-là avec gourmandise et allégresse.

Toutes, c'est-à-dire Aimée, Dominique, Isabelle et moi.

Sam qui n'a rien d'un éphèbe efféminé, qui est un homme tranquille, sans complexe. « Bon je suis un homme, vous êtes des femmes et où est le problème ?» Sam dont le phallus est à sa vraie place, c'est-à-dire dans son pantalon et non dans sa tête, Sam, donc, vient me voir, lui aussi. Le personnel de la clinique le prend pour mon mari, seul mâle au milieu de mes amies qui font la ronde. Nous en sourions et ne démentons pas. A quoi bon ? On pertuberait inutilement les infirmières qui se poseraient des questions sur cette pauvre opérée sans mari pour lui tenir la main...

– Alors, tu es contente. Tu vas l'avoir ton Alice ?

– Oui, très. Tu sais que j'ai besoin d'elle.

Il sourit malicieusement, ours sensible, intuitif comme une femme :

— Pas un peu amoureuse d'elle, non ?

Je me mets en colère :

— Idiot ! C'est absolument faux.

D'un geste, j'ai balayé l'hypothèse. Sam n'ajoute rien. Il endosse, avec sa forte carrure. Il se penche sur moi, m'embrasse, et sa grosse papatte me caresse la joue, tendrement.

Je suis envahie par les corbeilles de fleurs. Des dizaines et des dizaines de bouquets, des coups de téléphone, des cadeaux, etc.

D'Alice, rien. Ni fleurs, ni couronnes... Une semaine douillette s'écoule.

Alice doit arriver lundi prochain.

Le chirurgien parle de me faire sortir mardi. Il n'en est pas question. Je ne veux absolument pas laisser Isabelle et Alice seules une nuit. Il ne faut pas tenter le diable. Je *veux* être là. Je tempête, je supplie, j'obtiens enfin gain de cause, je sortirai dimanche.

S'il avait refusé, je serais partie quand même. A quatre pattes, si nécessaire ! Je ne veux pas les laisser seules. C'est un risque que je prends, de les laisser se revoir, avec dans leurs cœurs cet amour latent, inachevé, tué dans l'œuf... Je prends ce risque parce que j'ai besoin d'Alice, pour mon travail et pour mon cœur encore meurtri, mais je ne tiens pas du tout à ce que leur histoire recommence et qu'elle se réalise à mes dépens.

Dimanche matin.

Dominique et Rachel, la femme de Sam, viennent me chercher. Comme je marche très difficilement, je monte en voiture pour faire les cent mètres qui nous séparent de la maison.

Qu'il fait beau ! Que c'est bon dehors lorsqu'on est restée cloîtrée dix jours !

Ces gens qui marchent, un chien qui hume une roue de vélo avant de lever la patte, le calme de la place, ce dimanche de novembre à dix heures du matin. Je respire, je « hume » comme le chien, à pleins poumons, l'odeur de la vie.

– C'est beau la vie, c'est beau la ville...

La concierge me dit bonjour. Congratulations.

Nous prenons l'ascenseur.

Nous entrons. Isabelle surgit ébouriffée, sortant du sommeil.

– Pourquoi ne m'avez-vous pas réveillée ?

– Mais parce que tu as aidé au club hier soir et qu'on voulait que tu te reposes...

Elle fait la tête. Ce n'est pas gentil.

Pas un mot de bienvenue, pas un baiser, pas un sourire.

Le chien Victor, lui, me fait la fête, m'assaille de coups de langue et gémit de joie.

Dominique et Rachel s'en vont. Dès que la porte se ferme je ne peux m'empêcher de dire, dents serrées :

– Merci pour l'accueil.

Et alors le ciel d'Isabelle change avec cette rapidité qui me déroute toujours. Elle se précipite sur moi :

– Oh mon amour ! Je me faisais une telle joie d'aller te chercher à la clinique avec elles. Je leur avais dit de venir me réveiller...

– C'est par gentillesse pour toi qu'elles l'ont fait. Essaie de le comprendre, dis-je sèchement.

Je me ferme, je me bute. Quel retour...

– Viens, dit-elle, viens voir...

Elle m'entraîne dans la chambre. Deux autres bébés pinschers, semblables à Victor, sont là, lovés dans la fourrure. J'éclate de rire. Elle a vraiment le don de me surprendre ! Gênée, pudique, elle minimise son attention avec des gestes adorables...

– Rassure-toi ! On me les a juste prêtés; c'était pour te faire plaisir...

Je me déshabille et me glisse sous les draps propres et frais, sans cette odeur d'hôpital qui a saturé mes narines ces derniers jours. Isabelle est auprès de moi, il y a plein de petits chiens grouillant sur le lit, ils nous mordillent, bondissent, aboient, ils jouent; je suis heureuse.

3.

Isabelle et Aimée sont allées à Orly chercher Alice.

Je les attends à la maison, assise sur le divan du living.

Calme ? Oui. Impatiente ? Un peu.

De la crainte, de la peur pour mon avenir, celui d'Isabelle, du *Kat* ? Aucune.

J'attends, sereine et presque satisfaite.

L'ascenseur. Des voix. La clé dans la porte.

Elle entre la première, les épaules couvertes avec une cape verdâtre fort laide, le même visage charmant, la même crinière folle, elle vient vers moi, souriante.

Je me lève difficilement, je l'embrasse.

– Merci d'être venue.

– Ne restez pas debout, Elula, asseyez-vous, je vous en prie.

Nous prenons un verre. Claire, l'amie d'Aimée, est venue nous rejoindre. On parle de tout et de rien.

Nous allons dîner dans un grand restaurant.

Je vois Aimée observer Alice, la juger, la jauger, avec cet air indifférent, presque distrait qu'elle prend toujours dans ces occasions, avec ses petits yeux noirs et vifs auxquels rien n'échappe.

Inquiète du jugement d'Aimée, j'essaie de regarder Alice avec ses yeux... Elle se sert correctement de ses couverts, ne parle pas la bouche pleine...

Je croise enfin le regard d'Aimée. Elle me fait un clin d'œil. Je respire. Alice lui plaît.

Après dîner, nous allons au *Kat* toutes ensemble.

On m'y fait, bien sûr, un bel accueil. Je m'assieds sur un tabouret, à côté de Momo la disquaire. Interdiction de bouger. Il y a seulement dix jours que j'ai été opérée. Vanina est là, et la « Faculté » m'oblige, toutes les deux heures, à descendre de mon trône pour faire quelques pas.

Car c'est un trône que ce tabouret. Les clientes s'arrêtent pour me dire bonsoir et bavarder. L'estrade de Momo est devenue ma cour.

Je présente Alice aux habituées :

– Alice, qui va travailler avec nous maintenant.

Elle commence tout de suite. Prend les commandes, sert, passe un moment derrière le bar pour se faire expliquer par Pascale le système de tickets, les habitudes de la maison.

Assez tôt, je repars avec Alice et Isabelle.

Il est convenu que ce soir elle dort chez nous. Demain, elle ira chez une de ses sœurs, mariée, qui habite à deux pas du *Kat*.

Étrange sensation que de la savoir couchée, là, dans la chambre d'amis, de l'autre côté de la cloison. Isabelle près de moi, contre moi, Alice près de moi, si loin de moi. Plaisir à peine teinté d'un peu de mélancolie; je suis heureuse. Je réagis bien. Je suis fière de moi. J'ai recouvré mon sang-froid. Je sens que bientôt, Alice ne me fera plus mal.

Le lendemain matin Isabelle s'est levée tôt. Elle est partie faire des photos.

Je me lève, prends mon thé dans la cuisine et prépare un plateau pour Alice.

Je m'allonge dans la salle de séjour et je lis, le chien Victor blotti contre moi.

Elle apparaît sur le seuil, la crinière hirsute, les yeux pleins de sommeil, slip et tee-shirt.

— Bonjour, dit-elle en bâillant.

— Bonjour. Bien dormi ?

— Comme un ange.

— Petit déjeuner ?

— Ne vous dérangez pas, je vais le faire moi-même.

Je me lève péniblement :

— Non, non, tout est prêt. Jus de raisin et café noir, c'est bien ça, n'est-ce pas ?

Elle hoche la tête. J'apporte le plateau, marchant lentement. Je me rassieds.

Le silence. Elle boit à petits coups, allume une cigarette.

— Je suis contente que vous soyez venue...

— C'est drôle, dit-elle maladroitement. Quand j'ai revu Isabelle, à l'aéroport, hier soir, ça ne m'a rien fait... Je lui ai dit bonjour vraiment comme à un copain. Mais quand je vous ai vue, vous, ici, assise, ça m'a... Je ne sais pas comment dire...

J'enserre cette petite phrase nuancée dans mon cœur. Allons, elle ne m'en veut pas, elle a même pour moi un lambeau de tendresse qui traîne dans un coin de son cœur. C'est ce que je pouvais souhaiter de mieux : ne pas avoir été seulement le dindon d'une triste farce, mais la victime d'un choix difficile et douloureux.

Je reste à Paris encore trois jours, Alice s'installe aisément dans son nouvel emploi. Elle est un peu trop « Jules » pour mon goût mais peu à peu, on la transformera. Isabelle, surtout, la conseillera pour s'habiller.

Nous partons en Suisse une semaine, pour ma convalescence, dans un petit village au-dessus de Vevey où vit une amie d'enfance d'Isabelle.

Nous avons, à l'hôtel du pays, la plus belle chambre, capitonnée de toile de Jouy rose vif ou rouge tendre selon les jeux de lumière du soleil sur le lac qui s'étend sous nos fenêtres.

Le calme. La forêt et plus loin, plus haut, la neige, les petits « décis » de vin blanc, la Raclette, la fondue, l'amitié chaude de nos hôtes... Le chien Victor cabriolant en manteau rouge dans la neige immaculée des Pléiades, petite fraise des bois noyée dans de la Chantilly, Isabelle et moi chaudement emmitouflées, mains unies, souffle et nez froids, ensemble. Le bonheur, la tendresse, l'amour. Elle est un volcan, un torrent de lave à qui je fais l'amour jusqu'à l'épuisement; elle ne me touche pas, car je suis encore trop sensible pour accepter ses caresses.

Alice ? Je n'y pense plus. Elle est rangée dans la bibliothèque, à la lettre A, comme aventure, comme accident, comme adieu, comme assistante, comme adjointe.

Elle est à Paris, elle est au *Kat*. Je ne désire rien de plus.

Le feu, la neige, des jours délicieux.

Je marche presque bien, ma cicatrice est très belle, elle sera invisible. Mon sexe, bêtement glabre, se couvre d'un duvet de fillette. C'est Isabelle qui m'avait rasée, avant ma rentrée en clinique. Elle n'avait pas voulu laisser à une infirmière anonyme le soin de me préparer. « Tu es à moi. Je ne permets pas qu'une autre que moi voie tes lèvres, te touche... »

Tout s'est bien passé durant mon absence.

Je recommence à travailler le vendredi.

Le samedi soir, Isabelle exige que je rentre me

coucher plus tôt. Il y a beaucoup de monde, je suis restée longtemps debout. J'accepte. Vanina me raccompagne.

– Alors, que penses-tu d'Alice ? lui dis-je ?

– Très bien. Elle fait très bien son boulot.

– N'est-ce pas ? Tu vois, j'avais raison de la vouloir à tout prix.

Un petit haussement de sourcils. Vanina ne parle jamais pour ne rien dire. Je ne lui ai jamais expliqué l'incident de Cannes, la fameuse nuit, malgré notre amitié profonde. Mais elle a deviné bien des choses et n'en a rien dit. Je sais simplement qu'elle n'était pas totalement d'accord pour qu'Alice vienne à Paris entre Isabelle et moi. Je n'insiste pas. Je préfère ne pas prolonger une conversation qui peut devenir gênante.

Dimanche, je ne travaille pas. C'est mon jour de repos et je ne sortirais pour rien au monde.

Petit dîner en tête à tête avec Isabelle, mon amour adorable, retrouvé.

4.

Lundi soir, c'est le jour de repos d'Aimée. Je suis donc seule au club pour assurer la fermeture.

Il y a un peu de monde mais pas de clients très intimes, aussi je reste assise au bar.

Alice vient sans arrêt près de moi. Elle me parle, elle plaisante avec moi comme elle ne l'a jamais fait, elle se frotte à mes jambes, pose ses mains sur mes genoux. Jamais, jamais, même au plus chaud de l'été, elle n'a été aussi tendre avec moi.

Je suis surprise. Ravie, étonnée. Heureuse de voir qu'elle a définitivement oublié le passé et qu'elle ne m'en veut pas, je suis tout de même en alerte, mon cœur reste fragile. Aurai-je la force de lui résister ?

J'avais promis à Isabelle de rentrer tôt, mais Alice et mes autres filles veulent m'entraîner dans une boîte derrière la tour Montparnasse qui recueille tous les traînards du petit matin, le pire et le meilleur.

– Venez avec nous.

– Non. J'ai promis à Isabelle de rentrer tôt.

Tout le monde insiste. Surtout Alice, avec son regard de plus en plus enjôleur, sa main posée sur ma cuisse, son sourire de jeune animal...

Je suis déroutée par son attitude.

Que signifie cette gentillesse soudaine ?

Nous allons à l'*Étrier*. Pascale et Alice sont dans ma voiture. Elles s'entendent très bien. Pascale, consciencieuse, méticuleuse, professionnelle, apprécie le travail d'Alice. Elle l'appelle « Pilule » à cause de ses petits seins. Elles plaisantent, je souris avec elles. Bonne équipe. Belle équipe.

Il y a beaucoup de monde, beucoup d'ambiance. Pratiquement, la nuit qui s'achève dehors commence à peine ici. Le spectacle qui a lieu deux fois par semaine commence à six heures du matin et la boîte fermera vers midi... Comme à la *Conga* de Cannes, travestis et putains, voyous et bourgeois noceurs, personnel de boîtes et artistes se côtoient sans se mélanger. On s'assied par bande, dans un des multiples décrochements de la salle qui permettent de voir la piste, où que l'on se trouve. Ou bien on reste au bar pour retrouver des copains, bavarder, être aux premières loges pour voir les gens entrer ou sortir.

Les filles m'asseyent au bar. On prend soin de moi comme d'une potiche chinoise de prix. Gérard, le patron, m'offre une bouteille de champagne pour fêter ma première sortie. Je suis bien, entourée, disponible; c'est presque la fête.

Je vais aux toilettes me redonner un coup de peigne. La porte s'ouvre. C'est Alice. Elle entre, referme la porte, me saisit dans ses bras et m'embrasse violemment.

Je retrouve ses petites dents pointues, ses bras qui me serraient si fort et si vite dans les toilettes du snack, à Cannes.

Je vais ouvrir la bouche.

Elle me bâillonne d'un autre baiser.

– Tais-toi. Tu n'as rien compris. Tu n'as jamais rien compris. Je t'aime. Tu sais bien que je t'aime.

Absurde, étant donné les circonstances, deux vers

de Racine me viennent alors, incompréhensiblement, à la mémoire : « *Et Phèdre au labyrinthe avec vous descendue/Se serait avec vous retrouvée ou perdue* ». J'aurais mieux fait de me souvenir qu'en guise de labyrinthe, j'avais les toilettes et les bras d'Alice...

Je rêve ? Elle me serre frénétiquement. Me couvre de petits baisers secs. C'en était fait de moi, de mes serments, de mes résolutions : « *Avec vous retrouvée ou perdue* »...

La porte des toilettes s'ouvre. Du bar, les filles du *Kat* peuvent nous apercevoir. Je me dégage.

– On nous voit...

– Je m'en fous ! Tant pis si vous me repoussez. Je n'en peux plus !

Je ne peux pas parler. Je l'étreins à mon tour puis m'écarte, m'arrache à elle et sors.

Je dois avoir les yeux brillants, l'air éclatant de joie. Aussi, pour justifier ce qui doit étinceler sur mon visage, je dis :

– Alice vient de m'annoncer qu'elle reste définitivement avec nous.

Nous avions, en effet, laissé entendre qu'elle n'était là qu'à l'essai, ne sachant pas si Paris lui conviendrait, afin que les autres filles soient sympathiques avec elle puisque nous en avions renvoyé une pour la prendre.

La nouvelle est accueillie avec joie.

Nous décidons d'aller manger quelque chose sur les Champs-Élysées.

Je ne sais pas ce qu'il y a dans mon assiette. Alice a emprisonné mes jambes entre les siennes, nos yeux ne se quittent plus, la conversation décousue et sans intérêt des noceurs du petit matin nous arrange. Nous parlons pour nous seules, à mi-mot, à mi-souvenirs.

– Je vous raccompagne, dis-je à Alice.

J'arrête ma voiture rue du Four, au coin de la rue Princesse où elle habite chez sa sœur.

Parler. Parler. Jamais elle ne m'a autant parlé en trois mois d'été. Un orage qui crève dans un cœur prêt d'éclater.

— Comment as-tu pu croire que j'aimais Isabelle, alors que je t'ai dit que je t'aimais, comment as-tu pu penser qu'elle m'intéressait ?

— Mais alors pourquoi ? Pourquoi cette comédie ?

— Parce que je ne voulais pas être la cause de votre rupture. Je ne voulais pas lui faire du mal. Je l'aime bien, je l'aime beaucoup, mais toi je t'aime...

— Je n'arrive pas à vous croire... Ce fut tellement atroce, tellement cruel...

— Tu sais bien que je ne sais pas mentir. Demande à mon patron, au snack; après ton départ, quand il passait une Austin noire, je devenais toute pâle. Et combien de fois j'ai pleuré en entendant notre disque. *Rock My Baby*. Malade... J'en étais malade... Tu ne peux pas savoir...

— Mais pourquoi cette farce horrible, pourquoi y avoir mêlé Isabelle ?

— Je ne savais plus quoi faire, comment faire... J'ai hésité pour venir travailler ici... Mais il fallait que je sois près de toi... Je n'en pouvais plus... Je voulais attendre trois ou quatre mois pour te dire tout ça, attendre que tout soit vraiment calmé, essayer de t'oublier avec une autre... Alors seulement je t'aurais raconté toute la vérité, je t'aurais avoué combien je t'avais aimée...

Des larmes coulent sur mon visage. Le barrage a craqué. Il devait être bien frêle mon bastion contre Alice, bien fragile ma citadelle d'amour. Isabelle. Tout s'est écroulé au premier mot d'Alice, ce petit démon à l'air angélique qui nous manœuvre comme des pantins, qui m'a jetée et me reprend. Elle me serre dans ses bras, m'embrasse, me caresse, mumure des mots fous, tendres, qu'elle ne m'avait jamais dits.

— Je n'osais pas, je ne voulais pas, je n'avais pas le droit de t'aimer. Mais c'est plus fort que moi.

Mes larmes sont de joie : « *Avec vous retrouvée ou perdue* », comme une ritournelle mélancolique, ces vers m'ont obsédée, accompagnant ce jour tout neuf que nous avons vu naître et grandir ensemble.

Il est dix heures du matin maintenant. Le boutiquier devant lequel je suis garée a depuis longtemps levé son rideau de fer. Je contemple sans les voir les stylos, les calendriers, les agendas. Bientôt la fin de l'année...

— Il faut que je rentre...

— Non ! Non, pas encore ! J'ai eu trop de peine à dissimuler mon amour depuis mon arrivée. Donne-moi encore quelques minutes...

— Je n'arrive pas à te croire... N'est-ce pas un nouveau jeu que tu as inventé ? Ne vas-tu pas m'assassiner une nouvelle fois ?

— Jamais ! Jamais plus que je ne te ferai de mal. Tant pis pour Isabelle, elle t'a eue à elle pendant quatre ans, maintenant c'est moi qui te veux. C'est pour toi, pour être auprès de toi que je suis venue à Paris...

— Qu'allons-nous devenir... Je ne veux pas faire de mal à Isabelle. Je l'aime, tu le sais, différemment de toi, mais je l'aime tant... C'est un peu mon enfant...

— Je sais... C'est bien pour ça que je ne voulais pas venir... je n'ai pas pas ma place entre vous...

— Si, si... Laissons faire le temps... Tu m'as bouleversée, ce soir... Je ne sais plus... Mon dieu ! Il faut que je rentre ! Il est dix heures et demie ! Que vais-je dire...

– Oh... que j'étais ivre-morte et que tu m'as raccompagnée... Nous nous embrassons.

Les écoliers, avec leurs cartables, sont passés depuis longtemps. Les ménagères rentrent chez elles, leurs cabas pleins, les courses déjà faites.

Elle descend de la voiture et court jusqu'à l'immeuble où elle habite. Elle se retourne avant de pousser la porte. Un dernier sourire. Un dernier baiser.

Ivre de fatigue et d'un bonheur étrange fait d'un mélange de joie et d'angoisse, je subis les assauts de la ville qui reprend pour moi une réalité que la nuit, l'aube et Alice lui avaient fait perdre à mes yeux. Les embouteillages qu'un marché hebdomadaire provoque sur la route du retour me replongent dans mes pensées, à nouveau, comme hier, agitées et contradictoires. Alice m'aime, Alice ne m'a pas trompée, elle ne s'est pas jouée de moi; je suis aimée et j'aime, je le sais, mais Isabelle ? Et demain, de quoi sera-t-il fait ? Qu'allons-nous devenir toutes les trois ? Je me sens à la fois comblée et vidée, je n'arrive pas à mettre de l'ordre dans mes idées, mes sentiments sont confus. Je crois parfois qu'une vie nouvelle commence pour moi et j'ai en même temps l'impression de reproduire une situation que non seulement je connais, mais qui m'a fait horriblement mal en dedans. Une seule chose est certaine : je ne puis désormais rien éviter; toutes mes résolutions se sont effondrées, je suis le jouet des événements que je provoque ou qui m'entraînent, comme une feuille poussée par le vent. Souvent, dans ces cas-là, je me réfugie dans un « on verra bien » qui me suffit puisque je ne puis trouver de raison pour faire un choix, ni de principe où fonder une attitude.

A mesure que j'approche de chez moi, ces questions, ces inquiétudes s'estompent, il me faut parer au plus pressé : Isabelle doit m'attendre depuis des heures...

Au carrefour, juste avant la maison, je me trouve nez à nez avec la voiture d'Aimée. Elle est au volant, complètement endormie, les cheveux embroussaillés. A côté d'elle, Isabelle, qui me fusille du regard et brandit son poing.

Je me gare en vitesse. J'ai une longueur d'avance. Je monte aussi vite que je le peux, malgré la difficulté avec laquelle je marche. Je ne veux pas d'un esclandre dans la rue !

Isabelle arrive sur mes talons. Elle se jette sur moi, essaie de me frapper. Aimée la retient, elle est hors d'elle.

– Où étais-tu ? Salope ! Salope ! Tu es folle ! Tu risques une éventration à te traîner comme ça dix jours après ta sortie de clinique ! Tu as vu l'heure ? Espèce de folle !

Je pare à peine les gifles qu'Aimée ne parvient pas à m'éviter. Je ne dis rien. Je suis coupable.

– Où étais-tu hein ? Où étais-tu ?

– Avec les filles. On a été à l'*Étrier* puis au *Pichet*. Je m'excuse comme un écolier pris en faute...

– Jusqu'à onze heures du matin ? Tu me prends pour une conne ou quoi ?

– J'ai raccompagné Alice. Elle était ivre-morte. Je lui ai fait boire du café et j'ai attendu qu'elle soit un peu mieux... Elle n'arrivait pas à tenir debout...

– Elle va m'entendre celle-là, hurle Isabelle. Depuis six heures je téléphone partout, je réveille Aimée et nous allions faire les hôpitaux. Et toi tu te balades avec ton ventre ouvert ! Merde ! Merde ! Merde !

Elle frôle la crise de nerfs. Aimée s'en occupe.

Je me glisse dans la salle de bains, je me déshabille à la hâte et me couche sans un mot. Tapie entre les draps, je l'entends venir enfin, marmonnant encore, elle s'allonge loin de moi et me tourne le dos.

Je ne suis pas fière, le jour gris de novembre n'est pas plus pur que le fond de mon cœur.

Je lui ai fait mal. Je lui ai fait peur. Je suis retombée dans ma folie de l'été.

Et pourtant je l'aime. Je l'*aime* ma petite fille qui dort à nouveau près de moi sans savoir le tumulte de mes pensées et les tressaillements de mon cœur, sans savoir que je vogue à nouveau loin d'elle.

Qu'allons-nous devenir, mon Dieu, qu'allons-nous devenir... « On verra bien ». Je m'endors en femme heureuse, en femme aimée et inquiète, « *retrouvée ou perdue* ».

5.

Souvent le dimanche matin, après les soirées agitées du samedi au club, nous sortons vers sept heures, lasses, épuisées parfois, la tête pleine de musique et les cheveux imprégnés par l'odeur du tabac. Trop fatiguées pour préparer une collation à la maison, et trop affamées pour nous coucher sans manger, nous allons nous installer toutes au café du coin. La salle est presque déserte. Nous l'occupons, mes filles et moi, leurs amantes, ou des amies qui ne se décident pas à nous quitter.

Nous nous détendons, rions, plaisantons, commentant les incidents drôles ou désagréables de la soirée. La patronne nous prépare des œufs au jambon, le patron nous sert des cafés, des chocolats et des croissants encore chauds. Quelques consommateurs égarés, étrangers au quartier, regardent étonnés cette tablée de femmes seules que l'absence de cavaliers ne semble pas gêner. De quel bal étrange sortons-nous donc ? Car nous sommes qui en robe longue, qui en pantalon de satin, en gilet brodé, en chemisier de fine soie. On ne peut pas nous confondre avec une équipe de basketteuses partant à l'entraînement... Nos conversations les renseignent vite. Mais pas de regards hostiles ni de sourires narquois, ni de réflexions blessantes : nous sommes majoritaires et les patrons nous aiment bien. La petite dactylo qui sort d'un bal tout proche avec son petit ami se contente de se serrer frileusement contre lui, de crainte d'une agression sans doute... Rassurez-vous, mademoiselle, on n'enlève plus les Sabines de nos jours, nous ne sommes pas des goules et ne nous précipitons pas automatiquement sur tout ce qui porte jupe et cheveux longs. D'ailleurs ça nous créerait parfois des surprises, surtout au bois de Boulogne !

Tandis que nous nous restaurons, la rue s'anime peu à peu. Le marchand de journaux a ouvert son éventaire puis a vite traversé la rue pour avaler un petit blanc en lorgnant son étalage. Les femmes de ménage hâtent le pas, avec leur inséparable cabas de ciré noir mystérieusement gonflé. Prune, le clochard, est déjà fin soûl. Il titube, et galamment, se pousse pour faire place à une femme qui demande un bouillon cube. Il va dans un coin et farfouille dans son barda planqué sous un flipper avec la bénédiction des gentils Auvergnats aux cheveux blancs qui entament une longue journée de bistrotiers. Le soir, Prune dort dans une porte cochère près du *Katmandou*. Il est très poli, très correct. Il ne tend pas la main à mes clientes. Nous entretenons des rapports de bon voisinage. L'été, il part sur la Côte et cède son pas-de-porte à une clocharde acariâtre qui gueule quand on sort du club en faisant du bruit. Nous préférons Prune comme colocataire. Il y a quelques années, à l'entrée du théâtre du Vieux-Colombier qui n'était pas encore murée, sévissait un unijambiste hargneux qui menaçait de sa béquille ceux qui ne lui donnaient pas la pièce, et venait déposer sa crotte juste devant notre porte.

Depuis l'arrivée d'Alice, on me voyait de plus en

plus souvent à ces petits déjeuners. Elle habitait tout à côté et traînait sans jamais vouloir rentrer chez elle. Même fatiguée, je restais, stoïque, le rimmel brûlant les yeux et les paupières, pour jouir encore quelques minutes de sa présence.

Le plus souvent, en semaine, à la fermeture, lorsque Isabelle n'était pas au club, je faisais mine de partir, j'embossais ma voiture au coin de la rue suivante, en attendant que le personnel et Aimée soient partis à leur tour.

Alice les quittait sur le trottoir et remontait à pied vers moi.

Comme à Cannes, nous restions dans la voiture et nous nous embrassions. Lorsqu'il faisait trop froid, nous retournions au *Kat* dont j'avais les clés. Nous nous embrassions mais ne parlions presque pas. Souvent Alice semblait lointaine. Lorsque je m'en inquiétais, elle me répondait : « Cette situation... » Je n'avais rien à répondre... Parfois je lui faisais l'amour sur les divans du premier étage. Je détestais ça. Énervée par nos baisers sans fin, nos corps emmêlés se frottant vainement l'un à l'autre, ma main descendait jusqu'à son jean. Je baissais la fermeture de sa braguette, ma main glissait dans son slip, j'effleurais sa toison, cherchais ses lèvres à peine humides. Je les caressais maladroitement, parce que malaisément, nos corps couverts de vêtements, sans une bribe de sa peau contre la mienne, rien qu'une blessure étroite, invisible, où mes doigts s'agitaient désespérément. Prétextant que les divans étaient sales, que tout le monde s'y asseyait, elle refusait d'enlever son pantalon pour que je l'embrasse. Cette caresse fruste se terminait rapidement par un orgasme léger qu'elle atteignait très vite, avec un petit cri faible. Je retirais ma main tandis qu'elle remontait sa fermeture

Éclair. C'était sordide. Nous nous taisions un long moment, moi gênée par cette masturbation hâtive, silencieuse, mécanique. Elle perdue dans je ne sais quelles pensées... Elle ne manifestait guère le désir de me caresser à son tour. Pudique, je ne voulais pas lui montrer mon sexe encore clairsemé ni la cicatrice rose qui commençait seulement à s'estomper. Elle n'insistait jamais. Elle se laissait faire, jambes écartées, sans désir, résignée comme s'il s'agissait d'une formalité. J'avais la désagréable impression de « tirer un coup ».

L'amour, ça ? Ce n'était pas cela que je voulais. Je voulais une chambre, un lit où nous serions l'une près de l'autre, comme à Cannes. J'étais insatisfaite, affamée de mieux la connaître. Nous n'avions pas assez fait l'amour ensemble et peut-être le faisait-elle bien, au bout du compte... Mais comment le savoir ? Comment la retrouver contre moi, avec ses petits seins absents et si attendrissants ? Je voulais faire l'amour avec elle tout entière, et là, qu'avais-je ? Quelques soupirs qui sonnaient faux, un cœur qui gardait ses secrets, une tête pleine de pensées que j'ignorais...

Au début, je lui avais timidement suggéré de nous retrouver chez sa sœur, puisque celle-ci partait travailler à l'aube. Elle avait souri et répondu d'un air énigmatique :

– Plus tard... peut-être.

Je n'avais pas insisté.

Après la folle et brûlante déclaration du lundi matin où elle m'avait reprise, de nouveau elle se taisait. Je retrouvais, désagréablement, la même Alice que cet été. Cette sensation me gênait, me troublait. Parfois, j'avais l'impression qu'auprès de moi, horreur, elle *s'ennuyait* ! Impression fugitive que mon orgueil, que ma confiance en moi et ma foi en elle balayaient aussitôt.

Il nous arrivait parfois de sortir toutes les trois. Ainsi, le jour où nous avions finalement convaincu Alice de changer ses godillots pour des bottes moins lourdes et plus gracieuses, nous passâmes la chercher en début d'après-midi. Je me garai devant son immeuble et Isabelle monta la réveiller.

J'attendis près d'une heure. J'étais agacée. Qu'est-ce qu'elles fabriquaient ? Un doute léger affleure ma raison, je le chasse vite...

Monter les retrouver ? Je ne connais pas l'étage, et je ne veux pas jouer les espions. Jamais. Je ne pourrais jamais faire ce genre de choses. Epier, ruser, feindre, mentir, ourdir, comploter et peut-être surprendre, comprendre... Non. Non. J'en suis incapable.

Elles arrivèrent enfin. Je faisais la tête et cela se voyait !

– Pardonnez-moi, mais j'avais du mal à émerger ! J'ai tellement bu hier...

... Son sourire le plus enjôleur, le plus tendre, son regard le plus franc, le plus complice...

– Vous buvez trop... Pourquoi ne rentrez-vous pas lorsqu'on ferme, au lieu d'aller traîner tous les soirs...

Elle pose une énigme aux gens du *Kat*. Elle est mignonne tout plein et beaucoup de filles lui font des avances... puisqu'elle est censée être libre... Elle élude avec gentillesse et charme. Mais cela ne saurait durer éternellement, les clientes et mes filles vont finir par se poser des questions à son sujet.

Aveugle bélier, tête baissée, je fonce et je m'enfonce. Je ne veux pas présager du futur. Je ne veux qu'essayer de la conquérir. Tout me semble compromis. Je me demande si vraiment elle m'aime...

L'autre soir encore, au moment de fermer, Momo la disquaire a lancé :

– Et si on allait manger un morceau à *la Calavados* ?

– Oh oui ! J'ai faim ! s'est écriée Alice.

Je l'ai foudroyée du regard. Nous étions convenues dix minutes plus tôt de nous retrouver à notre coin de rue.

J'essaie de rattraper, je lui tends la perche :

– Mais vous me disiez que vous mouriez de fatigue.

– Non, non. Ça m'a passé. J'ai surtout faim.

Elle fuit mon regard.

On ferme. Je suis folle de rage et me maîtrise à grand-peine.

Il n'y a pas assez de place pour toutes dans la voiture d'Aimée.

– Venez, Alice, je vous dépose, c'est sur mon chemin, lui dis-je, le visage fermé.

– Viens avec nous, me disent les autres.

– Non, merci. Je suis fatiguée. Je rentre me coucher.

Je ne pouvais pas dissimuler mon dépit, ma colère.

Dans la voiture, je conduis rageusement. Je ne parle pas. Alice non plus. Elle est rencognée contre sa portière, hermétique. Dans la voiture devant, les autres rient, nous font des signes par la vitre arrière.

Je ne peux pas supporter ce silence. Je l'aime. Je pose ma main sur sa cuisse qui se raidit. J'essaie d'adoucir ma voix, je me fais pateline, je rentre mes griffes mais je serre les mâchoires.

– Pardonne-moi ce mouvement d'humeur. J'ai été si déçue...

– On ne peut pas continuer comme ça...

– Aie de la patience. Je te jure que tout s'arrangera. Nous nous sommes promis la patience...

Son front plissé, ses sourcils froncés, son visage énigmatique. Tous les mauvais souvenirs me remontent à la gorge et la serrent. Ce déjà vu, connu, vécu... Oh non...

– Pourquoi as-tu accepté cette invitation ?

– J'ai faim... Ça m'a échappé...

– Nous pouvions aller souper toutes les deux ailleurs...

– Trop tard. Vis-à-vis des autres, je ne pouvais pas revenir en arrière.

Au moment de me quitter, son visage se radoucit soudain. Son œil se refit malin et son sourire enjôleur. Elle cligna de l'œil, me serra fortement le bras et effleura mes lèvres avant de descendre de la voiture.

– J'attendrai. Je suis plus patiente que tu le penses. Bonsoir !

Je suis rentrée, mélancolique.

6.

Depuis quelque temps déjà, Isabelle et moi nous ne nous voyons presque plus. Elle dort quand je rentre et je dors quand elle part. Elle se blottit contre moi en gémissant dans son sommeil. Je la prends par la nuque, sa nuque si frêle, si délicate, j'ai parfois envie de serrer jusqu'à entendre craquer les os minces et tendres, serrer le cou menu de ce corps collé contre moi, dont j'entendrais le cœur s'affoler contre ma poitrine jusqu'à ce qu'il éclate et s'arrête. Je serre. Doucement. Je l'aime ma petite Isabelle, ma petite fille, mon tendre enfant, mais peut-être en ai-je assez de cette femme enfant légère et capricieuse...

Ce que je voue à Alice, c'est autre chose. C'est une attirance trouble, glauque. Je sens qu'avec elle rien ne sera jamais simple et clair et c'est cela même qui m'attire comme un vertige. Je suis attirée vers une toile d'araignée dont l'habitante m'hypnotise et m'effraie. C'est pour moi une sensation neuve que je découvre, inquiète, mais à la fois fascinée par ce parfum non éprouvé...

Je veux Alice, je la veux entièrement et qu'elle se débatte ne fait qu'augmenter mon désir et mon zèle conquérant et trouble. Mon royaume, mon royaume où Isabelle est reine, pour ce cheval qui bronche et se rebiffe. Je suis aveugle et sourde. C'est moi la carne à qui on a mis des œillères. Mors aux dents, écume à la gueule, je ne vois plus rien qu'Alice. Je ne veux pas connaître l'avenir. Je ne veux augurer de rien d'autre. D'Isabelle, de moi, de nous trois. Je galope, tête basse, vers un seul but : la conquête d'Alice, sa conquête totale. Les obstacles m'exaspèrent. Je me cabre. Je hennis. Après moi le déluge. Après Alice peut-être l'apocalypse, peut-être le désastre et la déception rapide, qu'importe. Je vis dans l'adultère, et pour la première fois de ma vie, je n'y vois pas d'issue. Quand j'ai connu Isabelle, j'ai quitté Aimée avec remords mais sans regret. Ma passion avait été la plus forte. Et puis Aimée était de taille à survivre sans dommage. Mais Isabelle... Belle, paresseuse, sans le foyer que je lui offre et sans ma protection attentive, qu'allait-elle devenir... Je le lui lançais dans les moments de grande colère : « Sans moi tu serais une pute ! » Son goût de luxe facile acquis grâce à la vie qu'elle avait auprès de moi depuis quatre ans, qui d'autre qu'un homme pourrait le lui offrir ? Une autre femme mûrissante, à la situation confortable ? Hélas j'en connais fort peu... Et l'aimerait-elle ma petite Isabelle parfois si dure à vivre, ou bien ne l'achèterait-elle que comme un beau joujou ? L'amour, l'argent, la passion, l'intérêt, l'ambition, une belle merde que tout cela... Que ne peut-on être indifférente et lucide. Mais je m'égare, aveuglée que je suis par l'agitation de mon esprit; me voici soudain en train de souhaiter tout ce que je ne suis pas; je dépérirais si jamais l'indifférence, même doublée de lucidité, venait à remplacer dans mon cœur toutes les passions sur lesquelles j'ai construit ma vie. Je dépérirais si jamais elle venait à tarir les désirs de femme dont je me laisse à chaque fois envahir sans penser aux conséquences.

Il n'en reste pas moins que je suis aujourd'hui enlisée, engluée dans mes contradictions. Je ne peux quitter Isabelle (et le souhaité-je vraiment ?) et je veux Alice, entièrement Alice, je veux qu'elle m'aime comme je l'aime déjà. D'autre part je ne dois pas oublier que je compte en faire ma seconde, ce qui me permettrait d'avoir une boîte sur la Côte, ouverte pendant toute l'année. Et si cela se réalise, qu'adviendrait-il de notre passion ? Nous serions irrémédiablement séparées, l'une à Paris, l'autre à Cannes, nous croisant dans les aéroports... Notre liaison est vouée à la rupture certaine. Je ne veux donc pas écarter Isabelle de ma vie où elle tient encore tant de place si ce n'est plus, pour l'instant, la première. Détrôner ma jeune reine, par une liaison morganatique dont les jours sont comptés dans le temps ? Je joue sans doute un jeu dangereux qui n'en vaut pas la chandelle. Qui donc est cette femme dans les bras de laquelle je fonds et qui fuit entre mes doigts ?

Pour régler soi-disant certaines affaires de loyer et d'assurance avec Dany, Alice m'annonce qu'elle compte descendre « quelques jours seulement » à Cannes. Cela fait juste un mois qu'elle est ici... le temps de son congé... Je suis effrayée à l'idée qu'elle puisse repartir à Cannes pour de bon, d'ailleurs n'est-elle pas très distante en ce moment, ne me traite-t-elle pas comme une étrangère. Ces histoires de loyer ne sont-elles pas un simple prétexte pour quitter Paris et retrouver son travail sur la Côte, avant qu'il ne soit trop tard... Je n'hésite pas un instant :

– Je t'accompagne.

Elle se raidit aussitôt :

– Pas question ! Je pars seule !

– Non. Je viens avec toi. Tu es encore trop faible vis-à-vis de Dany. Tu risquerais de céder à son chantage à la pitié et de rester là-bas...

– Pas du tout ! Tu n'as pas confiance en moi ? Je ne veux pas descendre avec toi.

– Si tu crains mon insistance... Rassure-toi. Nous descendrons en camarades si tu le désires. Et tu *sais* que je sais tenir mes promesses...

– Il n'est pas question de ça, folle que tu es. Si nous descendions ensemble, tu sais très bien que ce ne serait pas en camarades... Si tu veux, je reste ici.

Son ton et son regard ont changé comme par enchantement.

Elle a cette incroyable faculté de se transformer en un instant... Haute voltige... Frégoli... Au secours ! Je succombe. Mes doutes s'effondrent, et moi avec. Je suis ridicule, j'en ai conscience, mais je pleure. De bonheur, de soulagement; je m'étais donc trompée sur ses intentions.

– J'ai eu si peur...

– Peur de quoi, idiote ! Tu sais bien que je t'aime, comment peux-tu douter de moi ?

Pendant une heure, dans l'Austin-boudoir, l'Austin-confessionnal, l'Austin-refuge, elle me cajole, me console, me rassure. Elle me charme à nouveau comme ce lundi matin, à l'*Étrier*, lorsqu'elle m'avait reconquise, moi qu'elle n'avait jamais au fond perdue...

Les mêmes protestations d'amour, les mêmes souvenirs amers-du-temps-de-son-sacrifice, du temps-où - elle - a - feint - d'aimer - Isabelle. Je réécoute avec ravissement, je resavoure, je redéguste. Qu'elle parle bien maintenant de son amour pour moi, elle qui parle si mal de tout.

J'essuie mes larmes dans le col de mon manteau. Elle frotte sa chevelure de lionne contre mon épaule, sa joue contre la mienne.

– Je dois être affreuse d'avoir tant pleuré... Mon maquillage... Je dois avoir l'air d'une vieille dame !

Elle relève mon menton, brusquement, et me regarde au fond des yeux.

– Ne dis plus jamais ça. Je t'interdis. Tu es plus jeune que nous toutes. Je ne veux plus jamais t'entendre parler de ton âge...

Elle n'a plus parlé de son voyage sur la Côte. Par contre, Isabelle a envie d'aller voir sa mère qui était partie s'installer à Abidjan. Je lui offrirai ce voyage comme cadeau de Nouvel An; je le lui offre même avec plaisir. Je n'ai ni provoqué ni souhaité son départ, mais l'idée de me trouver seule à Paris avec Alice tout à moi, jour et nuit, c'est pour moi la plus belle et la plus inattendue des étrennes.

Déjà, je rêve de ces quinze jours où nous pourrons, comme à Cannes, enfin, enfin, dormir ensemble. Mon imagination s'affole, je nous vois toutes les deux entre quatre murs, seules, encloses, aimantes à nouveau.

Mais notre chambre, ici comme à Cannes, est tapissée de photos d'Isabelle... Elle est présente sur chaque mur. Couchée, parfois, les yeux errant d'une image à l'autre, je peux suivre le chemin de sa carrière et les étapes de sa transformation.

La toute première photo, pour laquelle je garde une grande tendresse : son visage rond, encore un peu enfantin, un large feutre sombre, ses cheveux en vagues sur un grand col de fourrure... Une autre, nue, couchée à plat ventre, sur un drap noir, semblable à un grand oiseau aux ailes déployées. Et celle-ci, délicieusement tramée, floue, où elle relève ses cheveux en chignon, son bras arrondi, son visage penché en avant, l'air grave et doux. Celle-là encore, cheveux gominés, yeux agrandis au noir, pommettes hautes, smoking et fume-cigarette, agressive, lesbienne fatale... Et d'autres, qu'elle renouvelle sans cesse, m'entretenant dans mon idôlatrie de sa beauté, ou cultivant son propre narcissisme.

Notre chambre est sa chapelle ardente.

Et c'est ici que je veux retrouver le corps nu d'Alice ? Profaner le sanctuaire, sans vergogne ?

Plus de respect, plus de délicatesse, plus rien ! J'oublie, je ne pense plus, j'ai bâillonné ma conscience.

Prudente, machiavélique, rusée, sournoise, asiatique, je projette d'enlever toutes ces photos pour ne pas troubler à nouveau Alice dont je n'ai pas oublié la réaction dans notre chambre cannoise. Je décide de faire un plan détaillé des murs de la chambre en y signalant l'emplacement exact de chaque portrait, afin de bien les y remettre peu avant le retour d'Isabelle.

— Car elle reviendra, bien entendu.

Quinze jours avec Alice, nuits et jours... N'est-ce pas pour l'instant tout ce que je désire ? Je ne veux rien savoir de l'avenir, rien préjuger du futur.

Cassandres, Pythies, devins, prophètes disparaissez ! Je veux seulement quatre murs et Alice, seule, enclose, avec moi, son corps enfin pleinement retrouvé, moi perdue entre ses bras, mes labyrinthes tant désirés.

7.

Jeudi, c'est le jour de repos d'Alice. Je lui ai dit hier en la quittant de m'appeler vers deux heures du matin, pour que je puisse aller la rejoindre là où elle sera, afin de boire, au moins, un verre ensemble.

Elle a hoché la tête en silence.

Entre Isabelle et elle, depuis quelque temps, j'ai remarqué les mêmes attitudes, les mêmes sourires équivoques qui m'avaient fait si mal sur la Côte.

Mais cette fois-ci, j'en ai immédiatement parlé à Alice.

– C'est ridicule. Puisque c'est *moi* que tu aimes, et je te crois maintenant, cesse donc de jouer à ce jeu dangereux avec Isabelle. N'oublie pas qu'elle a cru que cet été tu avais été amoureuse d'elle. Aussi ne lui remets pas cette impression en tête. Tu ne veux pas lui faire de mal, n'est-ce pas ?

– Bien sûr que non, tu le sais bien.

– Alors sois plus distante. Ainsi, jeudi, je sais qu'elle a l'intention de dîner avec toi. Refuse les tête-à-tête, ne lui fais pas de mal inutilement. Laisse-la flirter ailleurs puisqu'elle sait que je lui en laisse le droit, mais pas avec toi ! C'est une situation cruelle et grotesque.

– D'accord.

Aussi, lorsque jeudi soir Isabelle me dit qu'elle dîne dehors, se maquille, s'habille et vient m'embrasser tandis que je suis allongée devant la télé et m'annonce : « Je dîne avec Alice », j'ai du mal à dissimuler ma surprise et mon indignation.

— Téléphonez-moi quand vous aurez fini de dîner. Je viendrai prendre le café avec vous.

Isabelle me fait un petit sourire triste, sans me répondre, et s'en va.

Je suis furieuse contre Alice. Une fois de plus, elle a cédé à Isabelle. Pourquoi ? Pourquoi lui faire espérer quelque chose...

Depuis qu'Alice m'a reconquise, je ne fais plus l'amour à Isabelle. J'en serais incapable. Je ne sais pas, je n'aime pas coucher avec deux femmes à la fois, je ne peux pas, j'ai beaucoup de mal à le faire lorsque les circonstances me l'imposent.

Alors, pour me donner bonne conscience, depuis un mois, je joue à Isabelle une comédie aussi classique que piètre. Je prétends que l'amour physique ne m'intéresse plus. Mon opération, comme à Cannes, ma fatigue, me servent d'excuse. Par conséquent, lui dis-je, nos rapports doivent évoluer vers l'amour-tendresse. Je lui permets bien sûr d'avoir des aventures puisque sur ce plan je ne peux plus la satisfaire... Mais surtout qu'elle ne m'en parle pas.

Elle en est malheureuse et triste, affirme-t-elle, car elle me désire toujours...

Je suis mal dans ma peau, je me sens si coupable envers elle, à qui je ne peux rien reprocher, que je finis par lui en vouloir. Je deviens odieuse avec elle. Je ne laisse passer aucun des heurts mineurs de la vie commune qu'en général on étouffe très vite pour ne pas empoisonner l'existence d'un ménage. Je suis furieuse contre elle, contre Alice et je dois me taire.

Car je ne peux pas lui dire qu'elle peut coucher avec n'importe qui, sauf avec Alice, précisément, que c'est à cause d'elle que je joue ce jeu ignoble de la ménauposée devenue impuissante...

Je tais ma colère, je veux encore croire que leur sortie est amicale. Ma culpabilité à son égard allait à nouveau me permettre momentanément d'oublier l'inquiétude et la rage que leur soirée commune provoquait en moi. En effet, quand je vais me préparer à mon tour, je trouve dans la salle de bains un petit mot de sa longue et fine écriture qui lui ressemble tant :

– Je t'en prie mon amour, ne me laisse pas. Je ne suis mûre ni pour une séparation, ni pour un autre amour.

J'ai mal. Mon Dieu, comment faire pour qu'elle ne souffre plus ? Où puiser la force d'être plus tendre, plus douce... Patience... Dans quelques jours elle part en Côte-d'Ivoire. A son retour, j'espère, les choses seront plus claires, peut-être plus simples. Quinze jours test, quinze jours de vie commune avec ma tentation de l'été. Je saurai alors s'il s'agit uniquement d'un caprice, d'une faim inassouvie, ou bien, si je suis *vraiment* amoureuse d'Alice.

Alors ? Alors... Alors peut-être faudra-t-il le dire à Isabelle... Lui faire mal une bonne fois mais une plaie nette, propre, une clarification définitive de cette ambiance trouble et que je commence à trouver irrespirable. On verra... Après Noël...

Je pars travailler sans qu'elles m'aient téléphoné...

Me voici au *Kat*, attendant un coup de fil. Je suis là et je suis absente. « Bonjour comment vas-tu ? » Je souris, j'accueille, j'installe les clientes. Attention, ne pas oublier que Ginette est fâchée avec Josette et Bigoudi avec Bigouda. Attention, se rappeler qu'il y a à peine un mois qu'une telle a quitté telle autre, et veiller à ce que les regards en chiennes de faïence ne tournent pas aux mots acerbes. Ne pas les mettre à des tables voisines. Ah, celle-ci est si timide qu'il faut que j'aille lui dire un mot. Celle-là, je la surveille, elle « roule des mécaniques », et c'est un genre que je ne souhaite pas trop voir au club. Je bois un verre à la table de X. Elle me raconte son nouvel amour. Elle me montre sa photo puisque c'est une femme mariée et qu'elle n'est pas toujours libre. Soupirs résignés.

– Moi tu sais, c'est un problème que je n'ai jamais eu, dis-je en souriant, dès qu'une femme qui m'attire annonce qu'elle est ou mariée ou qu'elle vit avec un type, je prends mes distances. Je m'en désintéresse totalement. Si je n'ai pas d'homme dans ma vie, ce n'est pas pour coucher avec un mâle par personne interposée !

– Oh toi, Elula, évidemment, tu choisis qui tu veux, ça marche toujours. Tu as vraiment le choix. Tu prends. Tu laisses...

Le choix... Ai-je le choix vraiment... J'attends l'appel d'une petite employée à moi pour aller la rejoindre le cœur battant, probablement dans une de ces boîtes à pédés qu'elle affectionne et que je déteste. Je vais traverser Paris endormi s'il le faut, m'accouder dix minutes devant une coupe que je ne toucherai pas, assourdie de musique violente et de rires vulgaires, au milieu de garçons en cuir qui se touchent et se tâtent, pour effleurer seulement sa main et mendier un sourire de ses yeux malicieux. Une seconde de sa présence... Est-ce cela choisir, perdre et laisser ? Je tourne sans arrêt autour du bar où règne le téléphone. Peut-être vais-je arriver au moment où la sonnerie éraillée va se déclencher ?

Pascale prendra le combiné. Elle me cherchera des yeux, je me dirigerai vers l'appareil d'un air faussement dégagé en me demandant si elle a reconnu la voix d'Alice... Au bar, quatre filles discutent en riant. José doit débiter des énormités d'un air imperturbable, comme d'habitude, car tout le monde rit. Aimée, son éternelle cigarette à la main, échafaude avec Eugène la combinaison gagnante du tiercé, Pascale, entre deux verres à servir, fleurette avec une jeune et jolie inconnue qui est venue au *Kat* pour la première fois, effarouchée et timide. Quant à moi je suis là, je me sens bête, cheveu sur la soupe, allant de groupe en groupe, lançant une boutade, disant un mot gentil ou banal, caressant au passage une hanche ronde, à la fois capitaine de navire et valet attendant d'être sonnée.

Peut-être Isabelle est-elle déjà rentrée. J'appelle l'appartement. En vain. Elles sont donc encore ensemble... Pourquoi n'a-t-elle pas téléphoné pour que je les rejoigne comme prévu ? Sans doute Isabelle n'en a-t-elle même pas parlé à Alice, pour rester seule avec elle... J'enrage. Alice est trop faible, ou bien serait-elle assez cruelle pour laisser Isabelle imaginer, espérer...

Une heure, deux heures du matin. Pas d'Alice, pas d'Isabelle à la maison. Pas d'Elula non plus. Mon sourire est plaqué comme un masque. Heureusement j'ai assez de « métier » pour dissimuler mes ennuis personnels. Les femmes qui sont ici ne viennent pas pour entendre mes histoires, mais pour oublier ou parler des leurs, pour s'amuser et danser, pour flirter ou draguer. Je régis l'ordonnance de leurs nuits de fêtes et d'oublis. Rien d'autre.

Trois heures. Sur la piste où clignotent les spots de couleur, une noire superbe jerke seule. Les unes après les autres, les danseuses se sont écartées puis assises pour l'admirer. Bête féline, sauvage, reins ondoyants, pantalon moulé, chemisier noué sur des seins provocants, elle semble ignorer les regards. Son œil, cependant, accroche son image dans les miroirs d'écaille blonde qui ceinturent la piste. Des femmes qui aiment les femmes admirent une femme qui danse et s'offre. Seule, inconsciente de son ridicule, de ce fait touchante, toute à son rêve, un pachyderme occupe une partie de la piste, elle tourbillonne, moitié yoga, moitié bolchoï, elle bouscule l'ordonnance parfaite du spectacle que nous offre la noire Régine. C'est beau, elle est belle, mais je la regarde sans voir, noyée en moi-même, angoissée et furieuse.

J'essaie une dernière fois d'appeler la maison. Isabelle n'est toujours pas rentrée. Je n'y tiens plus. Je monte à la mezzanine où Aimée joue au flipper avec Eugène et Henri.

– Je rentre, Aimée. Fatiguée...

– Bonsoir.

Un léger baiser aux coins des lèvres. Elle est absorbée par la partie. La bille d'acier court comme une folle.

Comme elle, je monte dans ma voiture et cours de boîte en boîte; je vais dans tous les endroits où nous avons coutume d'aller. Je ne demande pas si on les a vues, par peur du ridicule. Je ne veux pas avoir l'air de les chercher. Je descends même dans les antres obscurs et assourdissants des garçons.

Le temps passe lentement, je m'épuise à conduire, à garer la voiture, à entrer dans les lieux de la nuit, à parler – le moins possible, il est vrai –, à sortir, à conduire à nouveau, à garer, à partir, à désespérer... Je ne les trouve nulle part. Finalement, j'abandonne mes recherches et fatiguée, furieuse, résignée, je rentre à la maison traversant Paris tout vide à cette heure qui est la mienne.

A peine ai-je enlevé mon manteau que j'entends le bruit d'une clef qui a du mal à s'introduire dans la serrure. Je ne dois surtout pas montrer ma colère, je n'ai, en théorie, rien à lui reprocher; elle est libre de ses actes, ne l'oublions pas, ne le lui ai-je pas assez ressassé ?

Isabelle titube un peu. Elle est décoiffée et totalement démaquillée. Elle s'arrête, me regarde en silence et puis sourit étrangement, avec cette expression figée, accentuée par la pâleur, qui marque parfois le visage de ceux qui ont trop bu.

J'étouffe en moi l'orage qui gronde et lui souris aussi :

– Toi, tu as fait l'amour, lui dis-je, sur un ton on ne peut plus éloigné des sentiments qui à cet instant m'agitent.

– Mais non, mais non, me répond-elle d'un air absent, sans trop y mettre de conviction.

Elle a beaucoup bu. Je la connais bien, je la connais trop.

– C'est avec Alice, n'est-ce pas ?

– Mais non, mais non.

Ma voix reste posée alors que mon corps tremble, que j'étouffe et suffoque.

– Tu étais pourtant avec elle ce soir ?

Elle s'est assise sur le tapis et joue avec le chien Victor qui lui lèche le visage.

– Avec elle, ou toute seule, quelle importance... Il y a longtemps que je suis toute seule, toute seule, toute seule... répète-t-elle, absente, avec une voix que j'entends à peine.

– En tout cas, j'espère que ce n'est pas avec Alice.

– Pourquoi pas avec elle ?

— Tu mérites mieux que ça !

— Elle ne t'intéresse pas, peut-être ?

— Tu es folle ! Ce petit Jules ? J'ai quand même d'autres possibilités, non, si je voulais ?

— Ah, mais voilà... Tu ne veux plus...

— Parfaitement. Cela ne m'intéresse plus.

— Je suis seule... Je me suis promenée dans Paris, seule, toute seule... poursuit Isabelle d'une voix incertaine. Je n'ai plus d'amour, je n'ai plus de maison, je n'ai plus de maman. Mon chien, mon petit chien, viens toi, oui, toi, tu m'aimes et moi je t'aimerai toujours.

Je ne peux rien répondre. Mon cœur fond, mon cœur saigne, mais je ne peux pas avancer la main vers elle. Ma rage contre Alice, mon désarroi, sont trop grands.

Isabelle, mon chéri, quel démon m'habite ? A quoi te sacrifié-je ? Quel démon me pousse à t'écarter de ma route, impitoyablement, à te balayer, à te jeter à terre, à te faire mal, à toi qui n'as jamais été pour moi que la douceur, la tendresse, la beauté et la passion...

Une fois de plus tu t'endormiras contre moi. Pas dans mes bras. Je n'ai pas eu le courage de t'y enclore. Et puis, de quels draps, de quels bras sors-tu, Isabelle, ma délaissée ?

Je ne suis plus que crainte, incertitude, dégoût, peine, colère et déception...

Je n'ai pas pu dormir.

Dès neuf heures, je me lève doucement, m'habille et pars... Comme à Cannes... Les jours où Alice était « du matin » et où je la rejoignais tôt, titubante de fatigue et de sommeil mais volant vers ces effleurements que je quêtais, que je mendiais comme une miséreuse.

Je laisse un mot à Isabelle pour lui dire que je vais faire des courses. Elle le trouvera vers midi, à son réveil. Mais d'ailleurs, peu m'importe, plus rien ne compte que mon angoisse, ma colère et mon incertitude.

Je vais chez Alice. Rue Princesse, où elle vit, avec sa sœur et son beau-frère. Je connais l'immeuble mais j'ignore l'étage. La concierge me renseigne. Escaliers gluants, couloirs visqueux, immeuble sordide. Est-ce pour cela qu'elle n'a jamais voulu que je l'y rejoigne ?

Je frappe. Je sonne, je tambourine. Elle a le sommeil lourd je le sais, alors j'insiste. Longtemps. Les voisins entrouvrent leurs portes, intrigués. Je ne les regarde pas.

Je redescends chez la concierge. Non, elle ne sait pas si mademoiselle est là, mais sa sœur rentrera à midi, comme tous les jours.

Il est dix heures, décembre touche à sa fin, et il fait froid, très froid. Je m'assieds sur une marche. Je claque des dents. Non loin une cloche sonne les quarts, les demies et les heures. Saint-Germain-des-Prés sans doute ou peut-être Saint-Sulpice, j'essaie de deviner quelle église ainsi marque le temps qui passe pour oublier que j'ai froid, que j'ai froid dedans et que j'ai froid dehors. De temps en temps je me lève pour me réchauffer, je sautille, je me frotte les bras et je vais à nouveau frapper à la porte. On ne sait jamais... si elle se réveillait... comme hier, je l'attends, je l'attends, humiliée, douloureuse...

A midi sa sœur arrive. Elle est mignonne, gentille, elle est venue au club et me connaît, elle s'étonne de me voir là, plantée sur son palier, défaite, les lèvres bleues et tremblante.

J'articule difficilement, j'invente un prétexte :

— Je dois voir Alice pour une livraison urgente au *Kat* cet après-midi.

— Elle ne vous a pas ouvert ?

— Je ne sais pas... Je viens seulement d'arriver. J'ai sonné mais ça ne répond pas.

— Entrez donc. Vous savez, quand elle dort ! !

Elle ouvre la porte sur un deux-pièces exigu dont l'une est occupée par un lit.

— Tiens elle n'est pas là...

— Elle n'a pas dormi ici ?

— Ben... Non...

— Ça lui arrive souvent ?

— Non, c'est la première fois qu'elle découche.

— Bah... elle est majeure...

Je badine, je frissonne. Je claque des dents et ne peux me contrôler.

— Vous avez froid, Elula ?

— Non... Pas vraiment... La fatigue sans doute, car je n'ai pas beaucoup dormi... Dites-moi, est-ce que je peux l'attendre ici ?

— Mais bien sûr ! Je vous laisserai car je repars travailler à une heure et demie. Vous mangez quelque chose ?

— Non, merci.

Elle grignote une pomme, fait la vaisselle de la veille qui emplit l'évier dont les carrelages qui le surplombent sont pour la plupart brisés.

Je regarde cet endroit si pauvre, ce lit unique où Alice et le jeune couple se relayent, les uns partant travailler lorsque l'autre rentre à l'aube. Sans doute est-ce la raison pour laquelle Alice traînait tous les matins jusqu'à huit heures... Pourquoi ne me l'avoir jamais dit ? Quelle honte de vivre chez des gens modestes ? Ai-je l'air à ce point snob, ou inhumaine ?

Quelle fierté mal placée, comme elle me connaît mal !

La sœur me montre l'album de photographies. La famille d'Alice ressemble à l'histoire de sa vie qu'elle m'avait racontée dans la garrigue, il y a plus de trois mois déjà. Certaines photos me font découvrir une Alice insolite; la voici par exemple en jeans et tee-shirt, évidemment, mais bronzée, comme je ne l'ai jamais vue à Cannes, dorée, avec les cheveux presque blonds, les yeux encore plus bleus; appétissante, saine, petit garçon qui rit aux éclats, des neveux et des nièces plein les bras; elle a un air que je ne lui ai jamais vu : heureux, paisible et beau. J'ai le cœur tout lourd.

La petite sœur est repartie. Je m'allonge sur le lit communautaire, je claque toujours des dents malgré le radiateur qui maintenant rougeoie auprès de moi, malgré le plaid où je m'enroule. J'ai froid dedans, un froid que nul feu, nulle couverture ne peuvent faire passer... Enfin, j'entends dans l'escalier des pas que je reconnais; je me dresse d'un bond, m'avance vers la porte et reste debout dans l'embrasure. Elle paraît. Elle blêmit, ma présence lui fait un choc.

– Qu'est-ce que tu fais là ?

– Je t'attendais...

Pas un geste de tendresse. Pas un mot. Elle passe devant moi pour entrer dans la chambre. Elle fouille dans la valise posée à terre, au pied du lit, en sort une chemise, la lisse du plat de la main, la tourne et la retourne pour ne pas me parler, elle s'affaire pour mieux absorber en silence l'effet que ma présence surprenante en ce lieu a sur elle.

Grelottante, les jambes molles, la bouche emplie de boue amère, je me lance :

– J'ai attendu ton coup de fil cette nuit...

– Je n'ai pas pu.

– Parce que tu étais avec Isabelle...

– Non.

– Inutile de mentir. Elle me l'a dit.

– Je ne mens pas... On a dîné ensemble et après, elle est partie.

– Pour aller où ?

– Je n'en sais rien. Je n'ai pas à la surveiller.

– Vous étiez ensemble. Elle est rentrée à cinq heures du matin.

– C'est possible.

– Tu as couché avec elle.

– Tu es folle !

– Alors où étiez-vous ? Dans aucune boîte, je les ai toutes faites.

– Mais si !

– C'est faux. Je vous ai cherchées partout.

– Je n'étais pas avec Isabelle, je te le jure.

– Alice ! Je t'en supplie ! Ne recommence pas comme à Cannes... Pas deux fois... On n'assassine pas deux fois la même personne...

– Je te donne ma parole que je n'étais pas avec elle.

– Mais elle t'aime, j'en suis sûre.

Elle s'assied sur le lit et prend sa tête entre ses mains.

– Je n'en peux plus ! Je vais repartir à Cannes.

– Pourquoi ?

– C'est trop compliqué. Je ne sais pas comment te dire.

Ça y est. C'est le cauchemar qui revient, elle emploie presque les mêmes mots... Est-ce que je deviens folle ?

– Pourquoi veux-tu partir ? Tu ne m'aimes pas, n'est-ce pas ? C'est cela ? Dis-le ?

– Mais si, je t'aime ! Tu le sais bien. Mais avec Isabelle... Je ne veux plus lui faire de peine et en ce moment, à cause de moi, parce que tu m'aimes justement, tu la fais souffrir...

– Patience. Elle ne va pas souffrir longtemps. Elle est belle, elle est jeune, à son âge on oublie vite, on cicatrise facilement. Elle aimera bientôt ailleurs. Et elle ne souffrira plus. Et puis je serai toujours là pour l'aider; de toutes les façons, je ne la laisserai pas tomber, tu le sais bien, tout cela nous l'avons évoqué mille fois, pourquoi tout remettre en question ?

– Isabelle va te quitter bientôt.

– Non. Je ne crois pas.

Je réponds comme une somnanbule, mécaniquement, sans penser à la portée de ce que je dis, je parle sans réfléchir, épuisée, bouleversée.

– Elle me l'a dit.

– Non. Lis ça, dis-je en prenant dans ma poche le doux mot d'Isabelle. Elle me l'a laissé hier au soir avant de partir. « Je ne suis mûre ni pour une séparation, ni pour un nouvel amour. »

Son visage change, se durcit. Elle m'interroge, glaciale.

– Quand t'a-t-elle écrit ça, tu dis ?

– Hier au soir, avant de partir dîner avec toi. Elle serre les mâchoires et me rend le billet. Je le remets dans ma poche, ce petit mot froissé, ce S.O.S. que je n'entendais plus car j'étais déjà sur l'autre rive. Un silence lourd s'installe entre nous. Mais où suis-je, que suis-je en train de faire et de dire ?

Soudain, la neige fond au soleil. Son regard acier devient mer liquide. Elle me sourit tendrement et pose sa main sur ma cuisse.

– Je t'aime. Ne me soupçonne plus. Je te jure que

je n'étais pas avec Isabelle. J'ai dormi chez Jean-Pierre car j'étais trop soûle pour rentrer seule.

Je veux la croire, il me faut la croire; je suis à la merci d'Alice; la moindre tendresse et je m'abandonne.

– Je te crois mon amour... Mais alors, où était Isabelle, et avec qui ?

– Je ne le sais pas, je te le jure. Lorsqu'on s'est quittées vers deux heures du matin, elle m'a dit qu'elle rentrait.

– Aurait-elle rencontré une autre fille après t'avoir laissée ?

– Ce serait trop beau !...

– Il faut l'espérer... Mais je t'en prie, Alice, pour la dernière fois, ne sors plus avec elle. Nous jouons un jeu cruel car je suis sûre qu'elle est amoureuse de toi.

– Tu rêves ! C'est un copain, c'est tout. Je l'aime bien et elle aussi.

– J'ai déjà entendu ça cet été ! Je t'en prie ! Ne recommençons pas le cauchemar !

Elle me bâillonne d'un baiser. Je fonds. Je pleure de soulagement. Elle me serre dans ses bras.

– Je te le promets. Si tu penses que c'est mieux...

– Bien sûr, je sais ! Éloigne-toi d'elle, ne cède plus à ses invitations, il ne faut pas. Il faut lui laisser la possibilité de voir d'autres filles. Il ne faut pas lui donner de vains espoirs. Tu te rends compte de la situation si elle venait à t'aimer vraiment ?

Elle éclate de rire. Elle est au-dessus de moi, sur ce lit où j'ai eu si peur, si mal et si froid. Son corps léger se fait plus lourd, plus insistant. Sa main caresse mes seins, mes hanches. Je me redresse doucement. Je n'ai pas envie de *ça*. Assez de sordide, assez de caresses à la sauvette. Je veux tout ou rien. Je ne veux pas jouir, je veux aimer... Je coupe court à ses étreintes..

– Il faut que j'aille chez le coiffeur, et ensuite faire des achats de Noël.

– Moi aussi.

Elle secoua sa crinière qui cache un instant son œil rieur, malicieux, où ne traîne plus aucun nuage.

– Promets-moi, alors, de te tenir au large d'Isabelle... pour elle... pour nous...

– Je te le jure. Je ferai gaffe.

Nous nous séparons au coin de la rue du Four. J'ignorais alors qu'à ce même endroit, quelques heures plus tard, une femme mûrissante allait souffrir à en mourir...

8.

— Pourquoi m'ignorer ainsi ? Qu'as-tu fait de tes promesses ?

Le *Kat* est bondé, comme tous les vendredis, et entre deux mots dont j'ai oublié le sens, lancés à deux clientes dont j'ai oublié les visages, mon bras sur son épaule, j'interpelle ainsi Alice qui passe à mes côtés les mains chargées de verres. Elle m'a croisée mille fois déjà sans un seul regard, sans un geste tendre ou complice. J'étais soudain devenue transparente. A chaque fois pourtant, elle s'arrêtait auprès d'Isabelle, la plaisantait, la touchait, la regardait avec ces yeux que j'avais ce soir cherché en vain à retenir et que je connaissais si bien...

Elle me lance un regard mauvais.

— Laissez-moi travailler. Je suis ici pour ça !

Elle se dégage brutalement dans un tintement de verres et de glaçons avant de s'éloigner vers le fond de la salle.

Je dois être livide. Aimée s'est approchée, intriguée.

— Qu'y a-t-il ? Ça ne va pas avec Alice ?

— Non, non, ce n'est rien, ne t'inquiète pas...

Je plaque un sourire professionnel sur mon visage un instant à la dérive, et je retourne vers tout ce monde qui emplit le club, mais que je distingue à peine, surmontant encore une fois mon amertume et ma colère.

Je ris, je bavarde, bref, je travaille comme si rien n'avait eu lieu. Je sens obscurément que cette fois-ci le dernier acte est entamé, je crains d'ignorer mon rôle; et je n'ai personne sur qui m'appuyer. Je n'ai pour compagnons que le désarroi, la peur et l'émotion. Le temps s'écoule avec une effroyable lenteur et sans nul plaisir pour moi. A six heures du matin, les dernières clientes nous quittent. Nous sommes toutes là pour fermer le club. Momo aide Alice à sortir les poubelles. Au deuxième voyage, Isabelle les suit. Je n'y tiens plus. Toute la nuit j'ai contemplé impuissante, muselée, leurs badinages, j'ai même surpris leurs regards moqueurs... Je bondis, je me précipite vers la porte et ne puis m'empêcher de crier, de hurler :

– Isabelle, reviens tout de suite !

Comme si elle n'attendait que cela, Isabelle se jette sur moi, telle une furie, poings en avant, et essaie de me frapper :

– Fous-moi la paix, il y en a marre, salope, salope... !

Alice l'attrape à bras-le-corps et l'entraîne vers l'intérieur en criant :

– Ne la touche pas ! Ne la touche pas !

Je reste atone, clouée sur le trottoir. Qu'est-ce que cela veut dire : « ... Ne la touche pas ! » A qui s'adressait-elle ? A moi, de peur que je frappe Isabelle, ou à celle-ci pour qu'elle ne me frappe pas ? Où en sommes-nous ? Que se passe-t-il ? Je ne sais pas, je ne sais plus... Immobile, j'entends, étouffée par la porte qui s'est fermée, la voix hystérique d'Isabelle crier des mots que je ne comprends pas. Je me surprends soudain à la haïr.

Alice sort en trombe, enfilant son blouson de cuir, sans un regard pour moi, toujours figée, bêtement plantée dans la rue. Isabelle apparaît à son tour, se lance en courant à sa poursuite. Elle la rattrape, entoure les épaules d'Alice qui se débat, puis cède à la caresse. Elles marchent vers la rue de Rennes. Isabelle lui parle avec véhémence. Toutes les filles sont maintenant sorties du *Kat*. J'ai l'impression d'être la spectatrice de la pièce où je devais jouer. C'est le dernier acte, je n'ai plus aucune dignité, j'ai perdu ma fierté : je pars pour les rejoindre en criant, affolée :

– Alice, Alice, Alice !

Je la vois secouer la tête; elle semble vouloir s'arrêter. Isabelle, penchée sur elle, ne cesse de lui parler et l'entraîne à nouveau. Tout est désert et la saison veut qu'à cette heure la nuit soit encore profonde, je presse le pas pour ne pas les perdre de vue. J'ai laissé mon manteau au club, je claque des dents mais est-ce de froid ?

– Alice, Alice !

Derrière moi, Maryem tente de me retenir.

– Arrêtez, Elula ! Laissez-les partir ! Vous auriez dû la renvoyer depuis longtemps, cette salope !

Un cortège s'est formé, qui longe les vitrines, Momo, Pascale dans la voiture d'Aimée. Elle a baissé la vitre et me crie :

– Arrête-toi ! Tu es ridicule.

Je n'entends rien. Je dis « Alice » mais c'est « au secours » que je crie. Je sais que c'est inutile. Je sais qu'elle ne me répondra pas.

Enfin, au coin de la rue du Four, devant la poste, elles se sont arrêtées. Elles se retournent et me font front. Isabelle me défie l'air dur, méchant, ironique. Alice garde la tête baissée.

J'arrive à leur hauteur. Derrière nous, le cortège s'est immobilisé. Quelques taxis circulent dans la rue vide, un groupe d'Antillais sort du bal voisin, une concierge emmitouflée se tient devant sa porte cochère. On regarde avec curiosité ce cortège de filles sans homme. Je me maîtrise. J'ouvre la bouche. Je joue ma dernière carte. Je suis lucide et hagarde. Je me sais ridicule et je me sens perdue.

– Maintenant Alice, ça suffit. Vous allez choisir. C'est Isabelle ou moi.

Isabelle éclate de rire :

– Tu n'es qu'une vieille femme !

Alice lève enfin la tête. Elle me regarde droit dans les yeux. Elle est à un mètre d'Isabelle. A deux mètres de moi. Elle me transperce de son regard si pur, si clair, si bleu. Elle me sourit. Était-ce un cauchemar ? Elle me sourit et prend le bras d'Isabelle. Elles tournent les talons, hèlent un taxi, s'y engouffrent et disparaissent dans la nuit.

Tout était horriblement semblable à ce que j'avais déjà vécu. Cette répétition rendait l'événement encore plus cauchemardesque. Je n'avais rien appris, je ne savais pas mieux me défendre aujourd'hui qu'hier. J'était à nouveau bernée, trompée, humiliée. Malgré les doutes qui cette fois-ci n'avaient pas cessé de m'assaillir au sujet d'Alice et d'Isabelle, malgré mes craintes, malgré tous les signes avant-coureurs que j'avais pourtant bien interprétés avant que le désir ne m'aveugle à nouveau, je n'en ressentais pas moins aussi durement, aussi violemment qu'à Cannes, l'aveu qu'on venait de me lancer à la figure. Pour la deuxième fois, on m'avait poignardée à mort. Je n'ai pas hurlé, je n'ai pas gémi. « Vieille femme » ensanglantée, je suis là, debout, hébétée, sans esprit, dans la nuit, au bord du trottoir.

Sans trop savoir comment, je me retrouve dans la voiture d'Aimée, miraculeusement vidée de ses occupantes; j'ai le temps d'entrevoir Maryem en larmes, immobile, devant un magasin de chemises.

Les sanglots me submergent enfin. D'une voix cassée, déchirée par les plaintes, je raconte à Aimée qui m'écoute en silence l'histoire de ma passion pour Alice. Lorsque je me tais, épuisée de douleur, nous sommes depuis longtemps arrêtées devant l'immeuble où j'ai partagé la vie d'Isabelle. Aimée monte avec moi, me déshabille, me borde, me calme, me caresse le visage. Je ne sais pas ce qu'elle a compris de cette histoire que j'ai vomie, racontée d'un seul trait, entrecoupée de sanglots, de gémissements, d'invectives et d'insultes.

– Dors maintenant. Demain j'irai voir Isabelle, je te le promets.

– Oui, oui, dis-lui la vérité, elle ne peut pas rester avec cette ordure ! Qu'elle revienne, il faut qu'elle revienne à la maison !

Aimée est partie. Je suis seule avec mes ruines, avec les cendres de mes amours. Je me redis, presque mot pour mot, les mêmes choses qui m'avaient envahie à Cannes, je me pose à nouveau les mêmes questions, je m'accuse et m'indigne. Mais aujourd'hui je pleure sur moi-même, je pleure le départ d'Isabelle; je n'ai plus rien à renier, personne à insulter, personne pour partager mes larmes. Mon Dieu, comme le souvenir est voisin du remords ! Isabelle, Isabelle, ton départ me vide. Je ne ressens aucune peine pour la perte d'Alice. Et moi qui croyais l'aimer ! Est-ce possible ? Est-ce par orgueil que je la chasse si vite de mon esprit ? Est-ce par dépit que je me dis et redis que ma vie n'est rien sans Isabelle ? Non, l'instinct ne calcule pas, le cœur ne raisonne pas.

Dans ce déferlement de douleur, dans ce désespoir où je sombre, éperdue, je crois, malgré tout, que mon cœur dit vrai. Le voile qui m'aveuglait se retire de mes yeux humides, la vérité reprend ses droits et s'installe en moi comme une évidence, et, même si c'est au prix de mon existence, mes sentiments s'ordonnent, mon esprit n'est plus agité par ces passions contraires qui déformaient ma vie...

Lentement, doucement, je ne savais pas qu'on pouvait ainsi s'assoupir dans la tempête. C'est la première fois, n'est-ce pas, je n'en ai pas encore l'habitude... Jamais pourtant je n'ai eu aussi mal...

C'est ainsi que, l'esprit presque installé dans le sommeil, la mort de mon père me revient à la mémoire. Je me rappelle alors avoir vidé mon corps de toutes ses larmes, tapie dans un coin de ma chambre, dans la villa, à Hué, surpeuplée de familles, maudissant Dieu de me l'avoir à jamais enlevé. Mais peu après, la gorge encore douloureuse d'avoir tant pleuré, je dévorai à table un énorme bifteck de buffle sous le regard surpris des adultes qui, ne pouvant s'expliquer mon calme, tout apparent pourtant, me jugèrent insensible, parce que sans pleurer, je nourrissais mon corps.

TROISIÈME PARTIE

Elula nuit et jour

1.

Le téléphone me réveille : c'est Aimée.

Elle vient en messagère, savoir si elle et Isabelle peuvent passer chez moi pour chercher quelques vêtements, enlever les dernières traces. Isabelle. Tu as peur de venir toute seule, peur de moi... Pourquoi ?...

On sonne. Ça y est. Elles sont là. Aimée silencieuse, attentive, craignant des cris, des larmes, des coups. Et Isabelle, mon Isabelle, le visage fermé, buté, que je connais trop bien. Son pauvre petit visage pâli, amaigri, tiré. Et moi, aveugle et sourde, je n'avais rien vu, rien deviné.

Je voudrais avoir six mois de moins. Être au mois de juin. Je voudrais la prendre dans mes bras, l'accueillir encore, avec Victor le chien, en applaudissant de joie, en criant, comme ce jour où elle était revenue, le jour des photos.

Elle est allée dans « sa » chambre. Nous l'avions aménagée pour ranger toutes ses robes, son zoo de peluche. Je l'entends fouiller les tiroirs, ouvrir les placards, claquer les portes. Tout est vide...

Aimée fume, regarde distraitement la Seine par la fenêtre, silencieuse, dans cette maison qui a été la sienne, où nous avons presque tout choisi ensemble. Je me tais.

Isabelle s'est changée, elle porte un jean tout simple, une longue chemise blanche. Elle est belle...

— Isabelle...

Elle me regarde, ironique, condescendante. Illusion peut-être, mais j'ai l'impression qu'elle joue, qu'elle triche. Son sourire est trop gai. Mon petit, mon tout petit, où est ta victoire... Qu'as-tu gagné au change ? Cette petite gouine, qui s'est moquée de nous ?... Je ne me retiens plus, disposée à tout lui dire et la voix cassée :

— Isabelle, ne pars pas. Pas comme ça. Je veux que tu saches. Écoute-moi, écoute-moi bien : j'ai couché avec elle, à Cannes, et ici, on a recommencé. Depuis un mois. Et parce qu'elle m'a sauté dessus, tu m'entends, le fameux lundi où je suis revenue à onze heures du matin.

— C'est faux ! tu mens ! je ne te crois pas !

— Tu veux des preuves, tu veux des détails, dis, tu veux des détails ?

— Dis toujours.

Elle hausse les épaules. Je veux lui faire mal.

— Bon, tu veux savoir, et bien elle est plus passive qu'active, elle mouille très peu, elle se sert de son pouce pour faire l'amour, dit toujours « chérie, chérie » deux fois quand elle jouit. Et elle a une tache de vin, allongée juste entre les fesses. Tu es contente ?

Aimée ouvre de grands yeux :

— C'est vrai, Isabelle ?

Celle-ci hoche la tête en silence.

Jamais je n'aurais pensé qu'un jour je parlerais ainsi d'une femme.

Voilà, c'est moi, Elula la sublime. Vautrée au fond de l'ignoble, du sordide, de la bassesse. C'est moi. J'irais encore plus loin, s'il le fallait, si je pouvais : c'est ma dernière chance, j'abats ma dernière carte. Elle sent la pourriture : tant pis, tant mieux. Je ne sais plus. Isabelle, j'ai tout gâché. Que peux-tu dire d'autre que ce que tu dis :

– Ça ne change rien. Nous deux, c'est fini. Je reste avec elle.

Elle se lève.

– Je vais rentrer seule. Inutile de me raccompagner.

Elle saisit le chien Victor qui s'était lové sur ses genoux, se penche vers moi et effleure ma joue :

– Au revoir

– Au revoir.

Elle est partie. Le bain de boue n'a servi à rien. Elle est trop têtue, trop orgueilleuse. Aimée tire sur son éternelle cigarette. Le silence. Je me dis « c'est fini » et je n'y crois pas. C'est trop énorme.

– Et alors, me demande-t-elle enfin, pour la boîte, qu'est-ce qu'on fait ? Je te rappelle qu'Alice travaille chez nous...

Je reviens sur terre...

– Ça ne change rien.

– Tu pourras supporter de la voir là ? me demande-t-elle incrédule.

– Mais oui, bien sûr.

– Alice ne le pense pas.

– Oh, ce qu'elle pense... Veux-tu que je lui écrive un mot ?

Je ricane, ce ne sera pas le premier !

Et j'écris : « Alice, ce qui se passe dans ma vie privée n'influera pas sur la vie professionnelle au *Kat*. Vous le savez très bien. Vous faites toujours partie du personnel. Elula. »

– Voilà.

Aimée tourne et retourne mon billet entre ses doigts.

— Elula, il faut que je te dise... (Elle ne bouge pas, fixe le sol obstinément...) Isabelle, et Alice...

— Quoi encore ? Je n'en peux plus, je ne veux rien entendre de plus.

— Elles couchent ensemble. Depuis Cannes.

— Non, ce n'est pas vrai ! Ce n'est pas vrai.

— Si, elles me l'ont dit. Alice est venue voir Isabelle, plusieurs fois, au mois d'octobre.

Je suis au fond du gouffre. Il fait noir, il fait froid. Mais je veux savoir encore, maintenant. Tout. Isabelle et Alice. Mon Isabelle avec Alice. Tout s'éclaire : les hésitations, les mensonges, les silences... Elle était pire encore que ce que j'imaginais, Alice, la comédienne. J'ai honte. Mais j'irai jusqu'au bout : je veux savoir.

— La première fois... Quand ?... Tu le sais ?

— Oui... (Aimée parle d'une voix presque inaudible...) le jour de l'anniversaire d'Alice.

Mais oui ! Le jour où je l'ai attendue à la plage, pendant des heures. Le jour où elle n'est pas venue. Le jour où je brûlais, de soleil et de désir, gisant sur le sable. Le jour où elle m'a fixé ce rendez-vous sans réplique. Le jour où Isabelle, libre, pouvait la rejoindre...

Et le lendemain ? Ce lendemain où j'ai attendu encore, où Isabelle m'a retrouvée dans ce café sinistre. Isabelle, tu sortais des bras d'Alice... Et ta tendresse, ton sourire en me voyant... Tu avais honte, ma petite fille, honte de me voir là, toute seule... Mais il ne fallait pas, ma douce, il ne fallait pas. C'est moi qui avais passé cet après-midi avec elle, contre son corps, à ta place... Quelle horreur ! Quel grotesque vaudeville. Isabelle, savions-nous que c'étaient les marques de nos lèvres, les traces de nos mains que nous embrassions en embrassant ce corps nouveau ?

En somme, nous singions sans le savoir les parties à trois des couples hétéro. Tout aurait été si simple : je t'aime, tu m'aimes, et nous avons toutes deux envie d'Alice. Pourquoi ne pas « se la faire » ensemble ? C'est bien ça, Isabelle, nous ne voulions que jouer, pimenter un peu notre union, notre couple pourtant heureux. Pourquoi, pourquoi n'avons-nous pas bu le corps d'Alice comme un simple verre d'eau. Pourquoi me suis-je trompée, empêtrée dans une histoire de cœur, quand il n'y avait qu'une histoire de cul ? Coup aux sens, coup de soleil...

Isabelle, c'est toi que j'aime. Pour Alice, je n'ai que haine et mépris. Je l'avais vue montagne, elle n'était que baudruche vite crevée. D'elle, je ne veux rien garder. Pas la moindre mèche de sa crinière blonde, pas le moindre éclat de ses yeux trop bleus. Mon Isabelle, ma petite fille. Mon Isabelle, que j'ai perdue.

Je suis Elula. Je vais serrer les dents, réagir, tenir. Il le faut. Je l'ai promis à Aimée, je me le suis promis à moi-même. Ce soir, au *Kat*, je serai la plus belle, la plus gaie, la plus pétillante. Il ne s'est rien passé. C'est l'heure d'entrée en scène. Pierrot ne pleure que pour Colombine, et Polichinelle cache ses larmes dans sa bosse.

Ce soir, plus que jamais, je serai Elula, la seule, la séduisante, l'impératrice.

Je soigne mon entrée : robe de parade, visage éclatant, plus de traces de mes larmes. Je le veux et je sais que j'y parviens.

Bonsoir, bonsoir. Nous jouons toutes la décontraction, et je donne l'exemple. Incident clos, il ne s'est rien passé.

Je veux oublier la mise à mort de la veille, dans la rue. Je veux oublier que j'ai étalé ma vie privée sur le trottoir, comme une vulgaire fille publique. J'ai honte pour moi, de moi. Pardon, mes filles. Pardon Maryem, Pascale, Momo, que j'ai laissées atterrées, muettes.

Alice est là. Diligente, efficace, elle fait son travail. Je lui dis poliment bonsoir, mais l'embrasser, ça non, je n'y arrive pas. Nous sommes samedi. Et comme tous les samedis, la boîte est bondée. Nous n'avons pas le temps de penser : nous sommes toutes à nos postes.

Boire ? Je n'aime pas ça. Alors, pour donner le change, quand arrive Michelle, je me fais coquette, enjôleuse.

Elula la séduisante... Michelle est belle, attirante, célibataire; elle réagit vite... et très bien à mes avances. Nous dansons tendrement, je lui donne ma bouche.

Elle est grande, sportive. Sous mes doigts je sens ses muscles fins et tendus. Je la laisse m'envelopper de ses bras, sa chaleur me protège. Ses lèvres sont douces, et ses seins, tout contre moi, coussins de chair-velours.

Elula l'impératrice. J'en rajoute : je m'exhibe, je me donne en spectacle. Je veux gagner contre le sort. Oui, Elula flirte, ce n'est pas dans ses habitudes. J'entends les chuchotements, je surprends les regards étonnés, et, un éclair métallique, les yeux hostiles, furibonds, d'Alice.

Tant mieux, tant mieux. Tout à l'heure, quand elle rentrera auprès de mon Isabelle, qu'elle la prendra dans ses bras, elle lui glissera en lui faisant l'amour : « *Ton* Elula s'est vite consolée ! Tu ne lui as pas manqué longtemps. »

C'est ce que je veux. Puisque tout est fini, je veux aller au bout, brûler les étapes et mes derniers vaisseaux. Personne ne verra ma blessure. Je souris avec trop d'éclat, je ris trop fort, je flirte avec ostentation. Jusqu'au bout. Elula la veuve joyeuse...

Michelle ne peut passer la nuit avec moi. J'aurais voulu, sans désir, faire l'amour avec elle, m'engloutir dans ses bras, m'enivrer à en mourir de cette autre femme, cet autre corps, cette chaleur inconnue, pour m'y réfugier, tout oublier.

Au matin, je suis rentrée seule.

L'autre est partie rejoindre ma petite fille, quelque part dans la ville. Elles vont dormir ensemble.

Et moi, dans mon lit trop grand, je me recroqueville. Isabelle me sourit encore, me provoque sur les murs de la chambre. Je rabats le drap sur ma tête, je veux porter mon deuil. Je jappe doucement, bercée seulement par mes plaintes.

2.

C'est dimanche. Mon jour de repos. Le jour sacré où je me tapis dans ma tanière. Journée baillée, somnolée, étirée, alanguie. La soirée coulait doucement, je pouvais enfin rester à la maison, oublier le *Kat* et faire l'amour, jouir du plaisir de dormir contre la chaleur d'Isabelle, toute la nuit.

Ce dimanche, je suis chez moi. Seule. Avec la télévision. J'ai tout vu, tout regardé : un film, trois films, cinq films, d'une chaîne à l'autre.

Même Victor est parti. Isabelle l'a emporté. Je le lui avais offert, chiot malhabile, tenant dans le creux des mains, tremblant et nu. Les soupirs de la petite boule endormie me manquent. Il me reste les poissons dans l'aquarium. Drôle de conversation...

Après avoir fixé l'image pendant des heures, jusqu'aux derniers génériques, jusqu'au brouillage silencieux de l'écran, je n'y tiens plus. Il faut que j'y aille.

Devant le *Kat*, je rencontre deux copains, entre avec eux, m'installe à leur table. Ce soir, je suis cliente. « Champagne ! C'est la fête. » Oui, c'est la fête, s'ils veulent. Pourquoi pas ?

Alice me regarde avec haine, me sert du bout des doigts.

Que me veut-elle ? Qu'attend-elle de moi ? Elle m'a enlevé Isabelle, a gardé sa place au *Kat*. Espère-t-elle me voir mourir là, crever devant elle, assassinée, trahie ? Non, elle n'aura pas ce plaisir. Je suis battue, bafouée, blessée à vif. Echec à la reine, échec et mat. Mais je tiendrai.

Isabelle. C'est Isabelle. Son entrée me donne un coup au cœur. L'espérais-je sans l'attendre ?

Elle n'est pas maquillée, pâle, les cheveux simplement réunis dans un élastique. Elle porte encore le jean, la chemise blanche qu'elle avait mise hier en me quittant. Jamais ma princesse luxueuse, mon mannequin de magazine, ma biche féminine, ne serait sortie comme ça il y a... deux jours... deux siècles.

Elle s'installe au bar. J'oublie la « fête », mes amis. Quelques marches me séparent d'elle. J'y vais. Je m'avance sans armes, sans rancœur, sans haine. Je viens pour un baiser de paix. Je t'ai trompée, je mérite tout, je sais.

– Fous-moi la paix !

Elle me repousse brutalement.

– Mais... qu'est-ce que je t'ai fait... Pourquoi ?

– Fous-moi la paix, salope !

Je m'en vais, je recule, je remonte, je retourne à ma table. On rit, on boit, on parle. Où suis-je ? Champagne vite. Mon geste est trop brusque, ma coupe se brise en un claquement sec. Je saigne. Blessure dérisoire de mon corps, ma déchirure intérieure suinte...

Dans un halo de silhouettes que je ne distingue plus, je descends passer ma main sous l'eau. Aimée, ma sœur, qui a tout vu, tout compris, me rejoint et panse mes doigts tremblants. Devant elle, enfin, j'éclate, je m'effondre : « Pourquoi, mais pourquoi me traite-t-elle comme ça ? Mais qu'est-ce que j'ai fait, qu'est-ce que je peux faire ? Mais qu'est-ce qu'elles veulent, qu'est-ce qu'elle veut, dis ? Ma voix n'est plus que râle et que sanglot. Comme moi.

– Calme-toi. Rentre. Isabelle ne pensait pas te trouver là, c'est tout. Elle n'a peut-être pas envie de te voir en ce moment. Rentre, va. Je passerai te voir tout à l'heure, après la fermeture.

Je m'enfuis, comme une voleuse... Chassée de ma propre boîte... Clandestine.

J'ai traversé des ponts, roulé le long de la Seine. Chez moi, je veux aller chez moi. Pourquoi m'a-t-on punie ? Qu'est-ce que j'ai fait de mal ? Je pleure comme une enfant, juste comme une enfant, épuisée. Au bout des larmes, il n'y a que l'attente. Je voudrais tant dormir !

Cinq heures du matin. Le téléphone. C'est Pascale. Au *Kat* personne ne comprend. Elle me demande une explication, claire et franche. Alice prétend que je mens :

– Nous aimerions venir, on ne sait plus où on en est...

– Je vous attends.

Alice et sa haine. Moi, une menteuse. Comment supporter cette scène. Je m'attends au pire et je déteste la violence. Malgré l'heure indue, j'appelle mon ami Sam, lui demande, sans explication, de venir. Il ne me questionne pas, sera là dans cinq minutes. Le pauvre !

Vite, le garage. La boîte à gants : il est là, mon coffre aux trésors, la boîte d'allumettes restée là, depuis l'été où je gardais les pétales du géranium fâné, la fleur de papier dérobée à Alice.

Voilà mes armes dérisoires, mes « preuves ». Mon « garde du corps » va arriver : je suis prête pour la confrontation, la bouche amère, le cœur secoué.

Jamais. Jamais de ma vie je n'aurais plongé aussi profond dans les égouts, pataugé dans une eau si sale, remué de tels immondices.

Voici Sam, brouillé de sommeil. Je lui explique en deux mots la situation, pourtant confuse. Et lui m'écoute avec calme, s'installe paisiblement dans un fauteuil, rassurant, solide. Rien ne semble pouvoir l'ébranler.

– Je suis là. Je suis toujours là quand tu as besoin de moi, tu le sais bien.

Oh Sam, pourquoi est-ce que je n'aime pas les hommes ? Pourquoi mon cœur n'a-t-il jamais frémi pour un être comme toi, franc, droit, tendre, compréhensif ? Pourquoi la dernière des laveuses de vaisselle a-t-elle plus de chance de me troubler que le plus beau, le plus intelligent, le plus merveilleux des hommes ?

Lesbitude... Pour la première fois, je regrette mon cœur différent, mes amours différentes, ma sexualité différente.

Mes ouragans tumultueux, mes orages passionnés, mes tempêtes fougueuses, mes plages de tendresse, mes mers de félicité, tout, je donnerais tout contre un mariage-prison, un bagne peuplé d'enfants, l'ennui morne plaine d'un quotidien sans surprise, un cœur qui jamais ne s'affole, pour un homme enfin, un homme, doux et calme...

Isabelle... Alice... Vous avez brisé mon vol, cassé ma course de corsaire, éteint les alizés qui me poussaient.

Pauvre dupe, pauvre vieille folle. Voilà ce que je suis.

Elles sont venues à quatre : Aimée, Alice, Pascale qui l'aime tant, Isabelle.

C'est un tribunal.

Personne ne manque à l'appel.

Trois juges : Aimée, Pascale, Sam.

La partie civile : Isabelle.

Une accusée, une accusatrice.

Mais qui est l'accusée, ici ?

Est-ce Alice, mâchoire serrée, regard dur ? Est-ce Elula, blessée, brisée ?

Isabelle me regarde avec hostilité, le visage buté.

Elula, la cour ! La séance peut s'ouvrir, tout le monde est assis. Sauf moi.

Alice et Isabelle se tiennent par la main. Et cela ne me fait même pas mal. Même plus.

Aimée parle la première :

– Alice nie tout ce que tu as affirmé, Elula. Elle dit que tu mens, que tu as inventé... des choses... qui n'ont jamais eu lieu.

Je me tourne vers Alice :

– Tu prétends qu'il n'y a jamais rien eu entre nous ?

– Bien sûr que non ! On n'a jamais couché ensemble ! Et d'abord, de quel droit me tutoyez-vous ?

– Alice, pourquoi nier ? Isabelle sait tout, et c'est vous qu'elle choisit pourtant.

Isabelle intervient avec violence :

– Je ne te crois pas ! Tout ce que tu m'as dit est faux ! Je ne te crois pas !

– Mais... les preuves, les détails que tu m'as obligée à te donner, je n'ai pas pu les inventer !

Alice m'interrompt :

– Quelles preuves ? Quelles saloperies êtes-vous allée chercher ? Isabelle me croit, moi. Elle sait que je l'aime, que je l'ai toujours aimée, depuis que je l'ai vue. Vous êtes jalouse, vous ne l'aimez plus, vous me courez après, et vous ne supportez pas qu'elle vous quitte, c'est tout !

C'est trop. Je reste la bouche ouverte de stupéfaction :

– Mais je rêve ! Vous prétendez *vraiment* qu'il n'y a rien eu entre nous ?

– Parfaitement, vous mentez !

– Ni à Cannes, ni à Paris ?

– Vous mentez !

– Et le jour où je suis rentrée à onze heures du matin ?

– Vous parlez du jour où vous ne vouliez pas me quitter, où vous m'avez cassé les pieds avec vos déclarations jusqu'à onze heures du matin ?

Je ne peux en croire mes oreilles. Réveille-toi, Elula, c'est un cauchemar. Alice me regarde, son regard si clair, si limpide, de ses yeux si bleus, si transparents... Un ange.

– Je deviens folle ! Ce n'est pas possible ! Vous ne pouvez pas être aussi noire !

– Vous ne *devenez* pas folle ! Vous *êtes* folle ! Vous crevez de dépit de ne pas avoir pu m'avoir. Vous avez tout fait pour ça, ça oui ! D'ailleurs Isabelle le sait depuis longtemps. Je lui ai dit.

– Isabelle, Isabelle chérie, tu ne peux pas imaginer que j'ai tout inventé, avec tant de détails, ces rendez-vous à Cannes, et ici ?

– Il n'y a jamais eu de rendez-vous ! Vous êtes mythomane ! Il faut vous faire soigner !

– Oseriez-vous jurer, jurer sur votre vie, que vous n'avez jamais couché avec moi ?

– Vous avez toujours menti. Vous vous êtes fait votre cinéma pendant tout l'été ! Non mais regardez-vous, et regardez Isabelle. J'aurais couché avec elle, et avec vous ? Vous rêvez ! Revenez sur terre !

C'est au tour d'Isabelle :

— Tu voulais me chasser pour lui donner la place, n'est-ce pas ?

Et Aimée, même Aimée :

— Tu as proposé de l'argent à une fille pour qu'elle te débarrasse d'Isabelle en la séduisant, c'est vraiment dégueulasse !

— Oh non, pas toi ! C'est faux, c'est faux, mais tu ne vas pas croire ça, pas toi, Aimée, pas toi !

Je prends ma tête entre mes mains. Ferme les yeux. Incapable de supporter leurs regards hostiles.

— Oui, je deviens folle. Vous me connaissez depuis des années, vous savez bien que j'ai tous les défauts du monde, mais que je ne mens jamais ! Et vous préférez croire cette fille que personne ne connaissait il y a encore trois mois !

— Puisque tu prétends avoir couché avec Alice, il faut bien que tu m'aies menti, puisque tu me l'as caché.

— Mais Isabelle, c'était bien ce dont nous étions convenues, ne jamais nous l'avouer, si nous nous trompions !

Aimée cherche à clarifier les choses, se tourne vers Isabelle :

— Et les preuves physiques, alors ?

Mais Alice ne lui laisse pas le temps de finir :

— Oh, rien de plus facile ! Elle a dû coucher avec une de mes ex-amies à Cannes pour lui demander des détails physiques sur ma façon de faire l'amour. Elle était tellement folle de moi qu'elle en était capable !

Alice se dresse brusquement, les poings levés,

prête à bondir sur moi. Sam et Aimée la retiennent avec peine.

– Salope ! Malade ! Vous avez pris vos désirs pour des réalités ! Heureusement, Isabelle a enfin compris ! Elle vous quitte, vous avez compris ? Elle va vivre *avec moi*. Car moi je l'aime, Isabelle, je vais la rendre heureuse. Vous, vous l'avez exploitée pendant quatre années. Mais c'est fini. C'est fini, vous entendez, espèce de folle.

Écumante, elle se débat.

Moi, je ne bouge pas. Pantelante, dos au mur, les balles me frappent une à une. Ma vie part en lambeaux, tremble et chavire. Assez, qu'on m'exécute enfin, qu'on en finisse.

Dans un dernier sursaut, je sors de ma poche la boîte d'allumettes bosselée et j'en extirpe le papier écorné où elle a dessiné la fleur et « Love »; je la tends à Isabelle.

– C'est bien ton écriture, Alice ! dit-elle.

– Bien sûr, j'en faisais, du matin au soir, dans ce snack sinistre ! Cette folle me l'a volé, c'est tout !

– Tout ça m'est égal. De toute façon, tu t'es assez moquée de moi, c'est fini.

Isabelle est sortie. Elle est partie dans sa chambre, et je l'entends pleurer, de rage, de fatigue, d'énervement.

Petite fille, je te connais bien. Je connais le goût et la saveur de chacune de tes larmes.

Je regarde mes juges, dans un silence glacé. Pascale contemple obstinément ses chaussures, Aimée fume cigarette sur cigarette. Et Sam se tient prêt à me protéger des fureurs d'Alice qui à nouveau écume, vocifère, tempête, hurle, m'insulte. Les mots lui viennent en se bousculant. Gorgone ! Tu craches des flots de lave et tu racontes comment tu as alors recouché avec Isabelle. Mon Isabelle qui avait tant insisté ce jour-là pour que je rentre plus tôt me reposer. Tu lui as sauté dessus, dans les toilettes, sans doute ! Elle décrit leurs après-midi à Paris, je comprends enfin pourquoi je n'ai jamais pu la rejoindre, pourquoi je ne la voyais qu'au *Kat*.

Et comme si ce n'était pas assez, elle ricane :

– Et le jour où vous êtes venues me chercher pour aller faire des courses, où nous avons mis tant de temps à vous rejoindre, que croyez-vous qu'on faisait ? Qu'on enfilait des perles ?

Je suis couverte de crachats. Je voudrais me boucher les oreilles.

Je n'ai rien à dire. Rien. Je n'ai jamais rien raconté à personne, même pas à Aimée. Par amour pour Isabelle, par respect, par délicatesse, pour ne pas lui faire mal, je n'ai pas voulu de complice, de confident. Et me voilà sans témoin. Coincée.

Isabelle revient :

– Je pars.

Alice se lève à son tour :

– Oui, nous partons, la comédie a assez duré !

C'est moi qui hurle enfin. J'oublie ma bonne éducation, j'oublie tout. Je veux la tuer, cracher sur ce corps que j'ai tant aimé, la traîner par ses cheveux que j'ai tant caressés. J'ai envie de vomir sur ses yeux si bleus, si clairs. Je la hais.

– C'est ça ! Sortez ! Dehors ! Je vous chasse, foutez le camp ! Retournez à votre vaisselle ! Occupez-vous d'Isabelle, choyez-la, gâtez-la, ramenez-lui des croissants rassis. Mais ne mettez plus les pieds au *Kat*. Petite merde, salope, ordure !

– Je me fous du *Kat*. Isabelle que vous avez tyrannisée sera enfin heureuse.

Nous sommes face à face. Elle me semble étonnamment proche. Peut-être va-t-elle éclater de rire, me dire : « Tout ça n'est qu'une bonne farce, Elula. » Son regard vacille. Mais non. Cette impression n'a duré qu'un éclair.

Brisée, effondrée, écrasée, j'ai à peine la force de murmurer :

– Vous paierez ça un jour. S'il y a une justice, vous le paierez cher.

Elles sont dehors, sur le palier, attendant l'ascenseur. Isabelle se dégage avec brusquerie quand Alice lui prend le bras.

– Laissez-moi tous !

Elles entrent dans la cabine... La porte automatique se referme lentement dans un chuintement ouaté.

Je l'ai perdue une deuxième fois.

Isabelle, ma petite, ma toute petite, reviens, reviens à la maison, dans *notre* maison. Non, j'ai joué sur deux tableaux, et j'ai tout perdu.

Je me retourne vers mes juges. Pascale s'apprête à partir, elle aussi.

– Vous me croyez, vous, au moins...

– Vous avez l'air sincère, toutes les deux.

Sam, lui, je sais qu'il me croit, que lui ne me prend pas pour une vieille folle mythomane. Il me serre dans ses bras, sans mot dire. Quant à Aimée, elle veut rester. Je préfère être seule. Pour le *Kat*, quoi faire ? C'est Noël, et il manquera une personne ce soir. Une fois encore, j'arrangerai tout. Ne t'en fais pas Aimée, j'arrangerai tout, je trouverai quelqu'un. Ce soir, c'est Noël et la vie du *Kat* continue.

Il est neuf heures du matin, ce lundi 24 décembre...

Sous mes yeux, le porte-billets d'or acheté pour Alice, l'énorme biche de peluche qui devait venir agrandir le zoo de mon Isabelle. Je m'apprêtais à les empaqueter, les enrubanner. Et le sapin, que je n'allumerai pas.

Il est dix heures.

Il est onze heures.

Il est midi.

Le soir tombe, la nuit vient enfin...

Terrassée par la douleur ? la fatigue ? Je ne pleure plus, vidée de mes larmes. Mon cœur est un désert, une terre aride, un fleuve tari. Dans mes veines coule le fiel. Dans ma bouche l'amertume, dans mes yeux brûlent des papillons. Ce soir, c'est Noël, et la fête va commencer. En piste, Elula, pour ton numéro.....

– Joyeux Noël, Maryem !

– Joyeux Noël, Elula !

3.

Je redoute la solitude du sommeil, je redoute cette place vacante auprès de moi, quand la main qui s'étend ne rencontre pas la chaleur d'un corps de femme. Lorsque je dors seule dans un lit, je m'y glisse clandestinement; défaisant à peine un coin de couverture, je respecte dans mon sommeil le territoire de l'autre, de celle qui n'est pas là, d'Isabelle qui n'est plus là.

L'aube du 25 décembre m'a pourtant vue dormir. Après une nuit de représentation où j'ai travaillé, poignard au cœur, poursuivie par le regard lourd de mes filles, je suis venue m'effondrer sur mon lit... Cachée par le sommeil, ma douleur s'est reposée.

C'est à nouveau Aimée qui m'a réveillée avec du café chaud et des pains aux raisins.

– Tu sais... Isabelle est chez moi.

Je sursaute :

– Quoi ! Tu les as prises chez toi ?

– Mais non bien sûr voyons ! Elle est seule. Elle veut être seule. Elle est malade.

– Je suppose qu'elle ne veut pas me voir...

– Je crois, oui. Elle est tellement montée contre toi qu'il vaut mieux... Votre explication, ça n'a servi à rien, elle l'a braquée un peu plus... Il aurait mieux valu la laisser « vivre sa passion » avec Alice. Tu connais Isabelle, au bout d'une semaine de chambre d'hôtel, elle serait revenue...

— Oui... parce qu'on est mieux dans un quatre étoiles !

Si ce n'est que pour cette raison-là...

Aimée hausse les épaules :

— Tu sais bien que non et qu'elle t'aimait...

Si elle n'est pas avec l'autre, je peux encore espérer. Je vais essayer, je veux jouer toutes mes cartes.

Je sors d'un placard le gros carton qui contient la biche.

— Tiens, tu veux bien lui donner ça ?... C'était un de ses cadeaux de Noël...

— Elle va peut-être me l'envoyer dans la figure...

— Ça ne te fera pas trop mal, c'est un animal en peluche... Elle en avait envie depuis longtemps...

Aimée part, le carton sous le bras. Sur le pas de la porte, elle se retourne :

— Tu ne m'en veux pas de l'avoir recueillie chez moi ?

— Bien sûr que non ! Si je la savais avec l'autre, ce serait affreux... Mais la savoir chez toi, si près, j'ai l'impression que tout n'est pas perdu...

Aimée s'en va. Aimée que j'ai quittée pour Isabelle, il y a *quatre ans*. Comme le temps...

La biche, elle l'a regardée et a dit simplement : « Tiens, mon premier cadeau venait de la même boutique... »

C'était un gros poussin jaune tendre que je lui avais apporté après notre première rencontre, tant, dans son ciré jaune criard au *Drugstore*, elle m'avait semblé poussin fragile, duveteux, à peine sorti de l'œuf, tendre, attendrissant, tant j'avais eu envie de l'enclore dans mes deux mains jointes, comme fait un enfant d'un poussin palpitant qu'il vient d'attraper.

Le téléphone. C'est elle. Sa petite voix haute et claire qui me bouleverse et m'attendrit.

– C'est moi.

– Oui...

– Si tu vas chez ton coiffeur, il y a un paquet pour toi à la bijouterie d'à côté.

– Merci... Je pourrai passer te voir après ?

– Si tu veux.

Je fonce, je vole, je suis chez le bijoutier, essoufflée. Oui, il y a un paquet pour moi. Je ressors et l'ouvre, fébrile. C'est un petit bracelet d'or. A l'intérieur, elle a fait graver : « A toi, Isabelle ».

Je rentre. Aimée habite l'immeuble mitoyen au mien. Je monte. Je sonne. Isabelle est dans la salle de bains. De la baignoire débordant de mousse n'émerge que son petit visage fatigué, gros comme le poing; je suffoque de tendresse.

Je m'agenouille auprès d'elle.

– Merci.

– De rien.

– Je le porterai toute ma vie.

Elle a un regard indéfinissable. Ce n'est plus de la haine, mais ce n'est plus l'amour. Petite fille, je ne sais plus lire en toi. Mes joues sont mouillées. Des larmes ont coulé, sans bruit, sans heurt, jaillies de moi malgré moi. C'est une ondée bienfaisante qui rafraîchit mes yeux douloureux.

Nous ne parlons plus. Le silence est trop long, trop lourd.

Je me lève.

– Bon... Au revoir...

– Au revoir...

Ne pas l'effaroucher. Elle m'a donné *quand même* le cadeau qui m'était destiné. Lueur d'espoir au bout de ma nuit de cauchemar ? Mais je crains d'attacher à ce geste une importance qu'il n'a peut-être pas...

Aimée continue à jouer les émissaires. Isabelle part pour quelques jours à la campagne et demande que je lui prépare une valise de vêtements chauds.

– Avec qui part-elle ? Avec l'autre ?

C'est ma hantise.

– Non, seule, je te l'assure.

– Mais où ? Avec qui ? Chez qui ?

– J'ai promis de le taire. Elle veut être seule et réfléchir. Elle ne veut pas risquer de te voir débarquer.

Je remplis une valise, amoureusement. J'y mets les vêtements mais aussi des livres où je glisse quelques billets tendres, très brefs, et des médicaments. Elle est si fragile, un peu malade imaginaire aussi. J'ai une armoire pleine de remèdes à son usage. « Tu sais si bien me soigner, me disait-elle. Avant toi, j'étais toujours malade... »

Petite fille un peu abandonnée. Petite fille qui avait enfin trouvé une maison, un foyer, une santé.

Je me souviens, l'an dernier, lorsqu'on a cru qu'elle avait une hépatite virale. En attendant le résultat des analyses, ma crainte, mon inquiétude, mon désarroi... J'en étais tombée malade. Une de ces crises de dysenterie amibienne psychosomatique que je traîne depuis mon pays des rizières... A chaque angoisse cette désertion de mon corps qui me trahit malgré moi, révoltée, exaspérée par cet inéluctable que ma raison ne peut contrôler !

Au lieu de la soigner, de la dorloter, j'étais donc à

mon tour couchée près d'elle, vidée de mes forces, incapable de tenir debout, tout juste bonne à lui caresser doucement la main... Le résultat négatif de ses analyses m'avait miraculeusement guérie ! Elle en avait gardé un souvenir attendri : « Comme tu m'aimes... Tu as été malade de peur de me voir malade... Quelle preuve plus grande pourrais-tu me donner, puisque celle-là ne dépend vraiment pas de ta volonté, mais de ton inconscient. »

Maintenant, j'écris sur les boîtes : « Pour tes angines », « Pour ta tête », « Pour masser ton dos », « Pour tes maux d'estomac ».

Le grand sorcier aimerait bien y adjoindre un élixir d'amour. La mère poule voudrait bien connaître la recette de la potion magique qui ramènerait le poussin sous son aile vide.

« Râpez quelques herbes du maquis corse, quelques feuilles d'olivier grec, un rien de goyave du Brésil et de mangue d'Afrique noire. Faites chauffer aux soleils de ces étés que nous avons poursuivis aux quatre coins du monde. Délayez avec la rosée de nos amours, avec les larmes de nos querelles amoureuses, avec la moiteur de nos corps enlacés.

» Ajoutez un crin fauve du chien Victor, un cheveu noir ébène d'Isabelle, un cheveu gris que vous trouverez sans mal sous les teintures d'Elula.

» Laissez reposer dans un appartement douillet, dans une chambre résonnante encore des cris de la passion.

» Glissez-en une pincée dans cette nourriture qu'elle prendra loin de moi... »

Que lui donne-t-on à manger ? Elle n'aime pas la viande saignante, elle déteste le lait et ne supporte pas le poisson. Elle mange très salé, très, très... Est-ce qu'*on* le sait ? Est-ce qu'*on* les a prévenus ?

« Attention. Ne la laissez pas trop boire. Elle boit trop pour son âge. Elle a vingt-trois ans, c'est une enfant. »

Trop souvent du *Kat*, elle est repartie, ivre, et moi ivre de rage de la savoir ivre. Trop souvent, ces matins-là où je la traînais de force jusqu'à la voiture, tout le long du trajet elle me disait des choses stupides, méchantes, cherchant à me blesser, à me faire perdre mon sang-froid, un jeu dangereux; elle s'amusait quand je me mettais à hurler, à bout de nerfs et de fatigue, qu'elle était stupide, que sans moi elle ne serait qu'une pute, que j'allais la jeter hors de la voiture, hors de ma vie.

Combien de fois ai-je eu envie, *vraiment*, dans mes rages aveugles, de donner le long des quais le brusque coup de volant qui nous précipiterait dans la Seine. Béni soit mon solide instinct de conservation !

Oh oui ! Attention. Ne la laissez pas boire. C'est un oiseau fragile, une petite fille à l'enfance triste, et j'ai été son premier vrai foyer, et j'ai été son amante et sa maîtresse, son mari, son père, sa mère, sa sœur, son amie...

Mais qui sont ces inconnues dans la maison desquelles elle s'est réfugiée ?

J'interroge Sam.

— Tu penses que je suis le dernier qu'on mettrait dans la confidence ! On sait trop que je suis ton allié.

— Dominique et ta femme sont à Pierrelongue n'est-ce pas ?

— Oui, depuis Noël...

— Tu ne crois pas qu'elle les a rejointes ?

Plus j'y songe, faisant le tour de nos amies, et plus je pense qu'elle doit être avec Dominique et Rachel, la femme de Sam. Je suis rassurée. Elle est en territoire ami. Ces deux-là ne la monteront pas contre moi. Peut-être même réussiront-elles à la persuader que...

Je les imagine, se promenant dans la colline où nous ramassons des châtaignes et du bois mort. Elles sont à la veillée, autour du feu crépitant. Isabelle est peut-être assise sur le lit. Peut-être se rappelle-t-elle des hivers où nous le rapprochions des flammes pour que nos corps nus aient plus chaud. Peut-être se souvient-elle de nos baisers, nos caresses, nos ombres vacillantes sur les murs chaulés de blanc, quand je lui disais combien elle était désirable, et belle, et chaude et dorée comme la croûte d'un pain sortant du fournil.

Et les pommes de terre sous la cendre ? C'est moi la championne incontestée. Dominique et Rachel doivent les carboniser ou les lui servir à moitié crues ! Elle adore ça. Elle les écrase avec du beurre et de la crème, minutieusement, longuement, elle s'élabore une véritable purée qui ne ressemble plus du tout à des pommes sous la cendre car elle les a méticuleusement débarrassées de leur peau craquante et délicieuse, mais si c'est cela qu'elle aime ?

Rachel, sensée, logique, doit lui dire de sa voix calme et posée : « Pense ce que tu veux d'Elula, mais elle a fait de toi ce que tu es aujourd'hui... un grand mannequin... Et ça, tu ne pourras jamais le lui reprocher... »

Dominique doit ajouter : « Elula est comme ça... Elle prend, elle laisse... Moi aussi, elle m'a aimée, il y a quinze ans, et puis elle m'a laissée pour un autre amour, une nouvelle flamme. Je ne l'ai pas détestée pour autant... Et toi, elle t'aime toujours. »

Isabelle doit secouer la tête. « Elle s'est moquée de moi pendant des mois. C'est Alice qu'elle voulait. Ce n'est pas vrai, elle n'a pas de peine. C'est seulement son orgueil qui est blessé parce que pour la première fois de sa vie elle a voulu quelque chose et qu'elle ne l'a pas eu. Elle a perdu et elle ne me le pardonnera jamais. Et moi non plus, je ne peux plus lui pardonner son égoïsme, sa dureté, sa cruauté, son hypocrisie des derniers mois. »

Parfois j'imagine Isabelle plus triste que révoltée. « Oui, vous avez raison, elle a besoin d'une leçon. Je vais la laisser mariner encore un peu et puis je rentrerai à la maison. Qu'elle se rende compte si oui ou non elle tient à moi, si oui ou non c'est moi qu'elle aime, et alors, si je reviens, je vous assure qu'elle aura intérêt à être différente, à redevenir comme elle était avant l'histoire d'Alice. » Je rêve, j'invente, j'imagine...

Je suis dans la salle des détenus. J'attends le verdict du jury. J'ai peur, j'espère... Revenez ! Revenez ! Dites-moi si je suis libre de me jeter dans ses bras ou si c'est le bannissement, la relégation; le soleil est-il devenu noir ? Mais je n'en peux plus d'attendre, d'avoir chaud et froid, de trembler d'angoisse et d'espoir. Revenez, je vous en prie.

4.

Ce fut le bannissement.

Le soir du réveillon de fin d'année, une fois passés les douze coups de minuit, Sam s'approcha de moi dans le bruit de la fête.

– Tu sais... Il faut que je te l'annonce puisque personne n'ose te l'apprendre... Alice a pris un appartement avec Isabelle.

– Ah bon... A quand la crémaillère ?

– Au retour d'Isabelle, je suppose.

Alors c'est fini. C'est bien fini. Les lettres que je lui ai fait parvenir par Aimée n'ont servi à rien. Isabelle a pris ses distances pour réfléchir mais... elle a choisi Alice, elle a choisi l'aventure contre la sécurité, la jeunesse contre le crépuscule, la vengeance contre le pardon.

Ma petite fille ne reviendra pas à la maison. Dans sa chambre, ses mille animaux de peluche vont se couvrir de poussière. Dans ses placards, ses robes du soir diaphanes, scandaleuses, provocantes, qui lui vont si bien, ses jeans insensés, ses salopettes et ses tee-shirts que nous ramenions de Londres ou de Rio, ses franfreluches, ses bijoux de pacotille qui la font reine de mes nuits, ses sacs, ses turbans, ses foulards, tous ces trésors amassés en quatre ans de collections de mode et de photos, toute cette caverne d'Ali Baba... Tout cela va disparaître...

Je n'ose plus ouvrir un battant d'armoire, un tiroir. Son odeur, l'odeur de son parfum, de ses cheveux, de sa peau me saute au visage, m'agresse le cœur et le corps.

Isabelle va habiter avec Alice.

Aimée, toujours elle (mais dans quel camp est-elle cette fois-ci ?), leur a trouvé un appartement dans son immeuble ! Côté cour. De la fenêtre de ma cuisine, je plonge sur leur « deux-pièces »... Et moi je ne vis plus que dans ma cuisine, clouée à la fenêtre, tapie dans l'ombre à les regarder. Tandis qu'elles s'étreignent, mangent, *vivent* en pleine lumière, impudiques, provocantes, tous stores relevés et sans rideaux.

Elle jouent pour moi seule. A bureau ouvert.

Je reste des heures, le front collé à la vitre, les mains crispées sur la poignée de la fenêtre.

Des barreaux, je voudrais des barreaux pour m'y agripper, faire blanchir mes phalanges à force de les serrer.

Prisonnière, je me meurs sans barreaux où meurtrir mon visage, frapper ma tête, blesser mes mains.

Merci Aimée, ah merci ! T'es-tu vengée, quatre ans après, de la peine que je t'ai faite en aimant Isabelle ? Vengeance inconsciente ou gaffe inconsciente parce que tu n'as pas réalisé quel calvaire serait pour moi leur présence si proche ?

J'ai peur de sortir et de les croiser. Je fais mes courses dans d'autres quartiers, je gare ma voiture à la hâte et rentre chez moi en rasant les murs comme une coupable. J'ai trop peur de me trouver en face d'elles, qu'elles me rient au nez, qu'elles m'interpellent en ricanant.

Vae victis ! Ai-je seulement encore le droit de me promener librement dans mon quartier, sur la place où le chien Victor continue à venir faire pipi et où je l'entends aboyer ? Je soulève alors mon rideau pour voir sa silhouette menue gambadant auprès d'Isabelle et de l'autre.

Ai-je le droit de vivre ? Vous m'avez si fortement repoussée, balayée, reléguée...

Pascale, ma gentille barmaid, est souvent chez elles deux, elle dîne en leur compagnie avant d'aller travailler, et lorsque j'arrive au *Kat*, deux heures plus tard, j'ai envie de lui demander comment elles vivent, de quoi elles parlent, si Isabelle est heureuse.

Vanina arrive du Midi et vient me chercher pour dîner. Je ne l'ai pas revue depuis Noël mais elle a tout appris, enfin, ce qu'elle n'avait pas deviné déjà.

Je la conduis jusqu'à la chambre d'Isabelle et ouvre la porte que je tiens fermée, moi qui ne supporte pas ces panneaux qui brisent la liberté du regard. Devant sa surprise, j'éclate de rire.

– Oui, tu vois, elle a tout emporté, même l'ampoule électrique et les prises multiples !

La pièce est nue, nue comme une geôle. Non, car il n'y reste même pas un petit lit-divan. Elles en ont eu besoin pour dormir, pour s'aimer.

– Tu vois ! La Marabunta n'aurait pas fait mieux, ni Attila ! Elle est venue avec ses deux frères, un après-midi, tandis que je me réfugiais chez Dominique pour ne pas voir ça...

Ce n'est pas avec le salaire d'Alice qu'elles pourraient se payer des meubles, ma chérie !

– Ah... elle a trouvé du travail ?

– Oui, vestiaire à Pigalle.

Je ris à nouveau.

– Ça c'est une belle promotion ! Mais tu n'as pas vu le meilleur.

Je prends Vanina par la main et l'emmène dans la cuisine, devant l'écran de mes supplices.

– Tu vois, troisième fenêtre à droite, deuxième étage. Avec un peu de patience, tu vas les voir s'embrasser.

– Et alors ? Tu n'as qu'à ne pas regarder !

– C'est dur... avec ces stores qu'elles ne baissent jamais, pour me narguer sans doute.

Vanina se retourne vers moi.

– Pas pour te narguer. Je ne crois pas... Tu vois bien que c'est *toi* qui plonges chez *elles* ?

– .. ? ?

– Eh bien c'est qu'elle le veut ainsi, ma vieille ! Tu plonges chez elle, donc tu surveilles sa vie. Elle n'a pas brisé le cordon ombilical, c'est tout.

– Oh ! Tu lui prêtes des motivations freudiennes qu'elle est bien incapable d'avoir !

– Je suis certaine que non ! Tu accepterais, toi, qu'on puisse ainsi plonger chez toi, même pour narguer quelqu'un, à *tout instant* ?

– Certainement pas !

– Alors... Tu vois bien...

Je reste sceptique, mais cette interprétation de Vanina me réchauffe un peu. Évidemment... Elle ne peut pas ne *pas* savoir que je peux surveiller chacun des gestes de sa vie... la surveiller... veiller sur elle...

Alors petite fille cruelle, inconsciente, es-tu heureuse ?

Te fait-elle bien l'amour au moins ? J'en doute... Je connais et ce que tu aimes et ce dont elle est capable... Mais peut-être avec toi, fait-elle des choses que j'ignore ?

Et tu acceptes de sortir avec elle et son éternel blouson de cuir râpé, et ses brodequins façon orthopédique, toi qui m'exigeais toujours élégante et soignée ?

Ah... peut-être qu'à son âge, cela est encore superflu...

– Est-ce sa petite vestiaire masculine qui l'emmènera dans les endroits chics ?

– Tu es snob, me répond Aimée.

– Snob ? Oui, si tu veux. Mais j'ai le droit de l'être. Mon accès aux endroits de luxe, de bien-être, je l'ai conquis seule. L'argent qu'il me plaît d'y laisser, je ne le dois ni à ma naissance, ni à un type qui me saute. Je l'ai gagné moi-même, et chèrement. S'il me plaît à moi de mesurer le chemin parcouru depuis que j'étais prof fauché à Marseille qui volait des livres pour les lire, par le nombre de billets que je peux laisser sans sourciller dans une soucoupe ? Si c'est mon luxe à moi, à qui nuit-il ? A qui ai-je des comptes à rendre ? Qui a besoin de moi pour vivre parmi les êtres que j'aime ? L'argent que je gagne n'appartient qu'à moi.

Isabelle, oui, elle, avait besoin de moi et c'était mon bonheur et ma force de me sentir nécessaire, utile. Cet argent venu si tard avait un sens, une valeur. Je l'avais trop gâtée ? Oui, trop, peut-être. Sa mère me l'a assez reproché... Et maintenant, quoi pour elle ? Les *Wimpys* ? Elle n'aimera pas, et puis son foie est délicat. Elle a besoin de choses légères et bonnes. Et l'autre, la cuisine ? Avec son blouson de mec et ses boots de soudard, la seule cuisine qu'elle ait jamais commise, c'est son sale tripotage contre nous, une « soupe de fèves » comme on dit à

Marseille. Un sac de nœuds de vipères ! Tu la vois en train de mijoter des petits plats ? Isabelle ne sait pas faire la cuisine. Sa mère était un cordon bleu, et moi j'avais pris le relais. J'aime faire la cuisine, tu le sais, Aimée, et je la fais bien. Elle n'a jamais eu à s'occuper de cela, pas plus que du ménage ou du repassage... Une vie de gosse de riche, oui, c'est vrai. Alors, crois-tu qu'elle va accepter longtemps la chaumière et les deux cœurs ? Il faudrait que son amour soit bien fort, bien exceptionnel, pour un être exceptionnel... Laisse-moi rire...

Il y a des jours où la rage me prend plus forte. Désir de meurtre. Envie d'aller au restaurant où elle travaille maintenant et de faire tomber cent fois ma fourchette, exiger qu'elle me la remplace, renverser le vin, demander le sel, le poivre, l'huile, le vinaigre, tous les condiments, les cure-dents, l'humilier, la brave petite travailleuse, moi la garce bourgeoise.

Oui je suis une bourgeoise, et alors ? Je n'en ai pas honte. Travailler en usine et être issue d'une famille de prolétaires n'a jamais été ma nostalgie. Aimer une prolétaire, pourquoi pas, si elle est intelligente, si elle me plaît, si elle est jolie, si elle fait bien l'amour et si elle m'aime ?

Alice, c'était cela. Ai-je eu honte de l'aimer ? Mais l'ai-je aimée ?

Lorsque je les regarde, à la fenêtre, c'est Isabelle seule que je vois.

Alice n'a été qu'un caprice. Un désir de soleil déclinant. Comment dit-on, déjà, au Café du Commerce, dans les histoires de commis voyageurs ? Le démon du midi...

Je ne le regretterai jamais assez... Pourquoi n'avons-nous pas fait l'amour toutes les trois ensemble, puisqu'elle nous plaisait et que nous lui plaisions... C'eût été délicieux, gentil, gracieux, nous nous serions aimées et caressées tour à tour, nous nous serions dit « je t'aime », « je vous aime toutes les deux », tantôt notre visage aurait penché vers l'une et notre cœur vers l'autre...

Pourquoi n'avons-nous pas fait comme les hétéros ou les homos ? Notre-Dame de Lesbos, quelle bêtise de vouloir fonder notre vie sur un amour exclusif ! Regarde les couples de garçons comme ils s'en sortent mieux, comme ils arrivent, en pimentant leurs unions, en ouvrant une fenêtre sur l' « Inconnu », en aérant leur amour, regarde comme ils évitent l'asphyxie qui nous a condamnées, qui nous a séparées...

Nous aurions baisé Alice tout un été. Vampires, nous nous serions repues de son corps nouveau, de son sang frais, et nous nous serions quittées avec un sourire tendre, doux souvenir pour l'hiver, et je t'aurais pris la main, mon Isabelle, et nous serions rentrées à Paris pour des hivers, et des hivers, et des hivers encore ensemble, complices et heureuses.

Non ! Il a fallu que nous jouions chacune notre partie en douce, en trio solo, sur le même échiquier. Jeu de dames truqué, dés pipes... Mais notre situation, dieu merci, est rare, car il y a peu de femmes assez monstrueuses pour jouer le jeu qu'a joué Alice.

Plus j' y songe, et moins je comprends les mobiles qui l'ont entraînée à me séduire et me reséduire. Elle avait tout en arrivant à Paris : Isabelle, une place en or au *Kat*, son avenir assuré, mon pardon, mon indulgence, mon aveuglement... Si je faisais un roman de cette histoire, on me dirait en haussant les épaules que le personnage d'Alice ne tient pas debout. Mais la vie n'est pas le roman. Il n'y a pas de plan, pas de logique. Alice est un personnage vrai qui sonne faux, faux comme un sourire tendre, faux comme ses yeux amoureux, faux comme ses déclarations d'amour.

5.

— Une femme de quarante ans contre deux filles de vingt ans... 40 = 2 fois 20. L'égalité est parfaite, l'équilibre rétabli.

— Ne dis pas d'âneries, répond Vanina. Qu'est-ce que l'âge a à voir avec l'amour qu'il inspire !

— Ouais... théories ! Isabelle m'a quittée. Le fait est là, non ? Elle a choisi la jeunesse.

— Faux. Elle a choisi de *te* quitter parce qu'elle n'était plus heureuse auprès de toi. A qui la faute ?

— A moi, à moi, je sais... et doublement... parce que, paniquée par le crépuscule, j'ai voulu connaître un dernier coup de soleil avant la nuit... Un peu pompier ma façon de présenter la chose, non ! Mais tout notre problème est là, toute notre histoire est là, le drame, je me le suis fabriqué toute seule, comme une grande, avec mes complexes idiots et mes paniques stupides... Je sais, je sais, la femme de Balzac était « out » à trente ans alors qu'à cinquante ans, maintenant, la vie commence pour beaucoup d'entre nous. Il faut que je le réalise; que j'en prenne conscience, que je m'accepte dans mon ère tertiaire, que j'abandonne ces préjugés d'un autre âge.

— Regarde les femmes de quarante ans, de cinquante ans, autour de toi...

– Oui, oui, et les comédiennes, et les chanteuses, et les écrivaines. Mais elles n'ont pas, comme moi, ce culte de la beauté triomphante, de la jeunesse. C'est que j'ai mal, non seulement de voir mon corps « évoluer », vieillir, se dégrader, mais c'est aussi que je me mets à la place de celle qui me fait face et me regarde. Et de plus, comme je n'aime, moi, que la beauté, je ne peux pas concevoir qu'on puisse me désirer encore, moi...

– Tes critères de la beauté ne sont que les tiens propres. Pas forcément ceux des femmes que tu attires, qui t'aiment et te désirent.

Consolez-moi, consolez-moi amies, mais depuis quand la logique intervient-elle dans la passion ? Toutes les jeunes filles du monde pourraient me regarder d'un air amoureux, mon regard impitoyable sur moi-même ne changerait pas. Je suis blessée et cette cicatrice-là laissera des traces indélébiles.

Depuis Noël, depuis mon assassinat au coin de la rue du Four, je ne suis, ni ne serai plus jamais tout à fait la même. Chaque fois qu'une femme me dira : « Tu es belle », j'entendrai en écho la voix d'Isabelle et ce « tu n'es qu'une vieille femme » qu'elle m'a jeté au coin de la rue du Four. Chaque fois qu'une femme me dira : « Je t'aime », j'entendrai en surimpression la voix d'Isabelle et son « Tu n'es qu'une vieille femme ».

Quelle princesse charmante pourra m'arracher à mon cauchemar ? Y aura-t-il un jour une fée qui me délivrera de la malédiction d'Alice sorcière ricanant : « Vous n'êtes qu'une vieille folle ! »

Est-ce vraiment fini pour moi ? Vais-je me laisser emmurer volontairement ?

Je pourrais être grand-mère.

Mais je n'ai pas de petits-enfants.

Je veux être une grand-mère indigne potentielle. Je ne veux pas vieillir, car vieillir c'est mourir. Secoue-toi, Elula, regarde-toi, tu as d'autres atouts, tu as d'autres séductions, tu as d'autres attraits que la chair ferme et le visage lisse. Réagis, Elula, réalise que tu es une femme mûre, faite, épanouie, bien dans sa peau. La mue est si difficile ? Les écailles font mal et t'ensanglantent le cœur, de cette peau ancienne qu'il te faut quitter ? Mais sois intelligente, sois lucide, tu n'es pas morte rue du Four. Au contraire, tu es née à une nouvelle vie, à une acceptation plus grave mais plus sereine de l'amour. Tu vas aimer avec d'autres yeux, avec un autre cœur, une autre aspiration. Tu t'éveilles, Elula, le véritable amour, c'est peut-être maintenant que tu le connaîtras. Pas l'amour égoïste, plus d'amours à la don Juan, plus d'attrait presque purement physique. Peut-être l'autre amour, le vrai, le total, le parfait. Moins folle, moins avide de plaire et de séduire, tu vas peut-être enfin aimer vraiment l'*autre*, et non plus, Narcisse triomphant, le simple reflet de ta beauté. Tu te pencheras enfin sur l'autre, Elula, et ce doit être cela l'amour vrai...

Au fond de la mer, je me noie, je coule et sombre, les pleurs dans mes poumons, je suffoque. Brasse affolée, inutile, dans l'océan qui m'engloutit. Lumière glauque, gestes lents, je suis une noyée qui traverse la vie sans vivre. Isabelle, mon amour, Isabelle, ma traîtresse, tu n'existes plus. Adieu.

Mais je ne veux pas mourir à l'amour. J'ai trop le goût et la rage de vivre. Arrivée au fond, je donne ce grand coup de pied qui me fait remonter à la surface. Il faut *vivre*. Il faut aimer. Non, ma vie ne va pas s'arrêter ainsi, au coin d'une rue de Saint-Germain-des-Prés. Isabelle est morte ? Vive Isabelle ! Le roi boit ! La reine boit !

Je me suis réveillée ce midi-là avec la faim au cœur. Il faut l'oublier. Il faut apprendre à vivre sans elle. Une autre femme ! Une autre femme tout de suite, pour l'amour de moi ! Je l'attends, celle qui me prendra dans ses bras et me permettra d'oublier que l'on m'a rejetée, bafouée, insultée.

Qui sera-t-elle ? Pas mes clientes que je côtoie chaque nuit. Elles sont des fleurs sans parfum, sans mystère. Des amies possibles, pas des amantes. J'ai trop vu depuis huit ans, se dérouler ici, sous mes yeux, leurs envies et leurs amours. Je connais leurs visages d'ombre et de lumière, leurs joies et leurs tristesses. Ce sont mes sœurs, mes enfants, ma famille... Je ne suis pas incestueuse. Il me faut attendre l'Inconnue que, dans son mystère, je posséderai intacte. L'Inconnue à découvrir, à dévoiler. Qui sera-t-elle ? J'attends mon salut, mon secours, la bouée qui me maintiendra hors de l'eau. Faites qu'elle se présente avant que je ne sombre, Vénus, déesse de l'onde. Aie pitié de moi qui honore les femmes à ton autel. Arrive, mon inédite, ma terre vierge, mon île inconnue. Je n'en peux plus des regards apitoyés, des phrases compatissantes. Je hais la pitié qui doit ricaner derrière moi. Je les entends, les rapaces, les morticoles : « Qu'est-ce qu'elle croyait... à son âge... »

A la retraite, Elula ! Retire-toi de la ronde des amours. Au milieu de tes jeunes bacchantes, tu es la fée Carabosse. Grotesque au milieu de leurs rires et de leurs jeux. « Tu es vieille, ma vieille. Faut te faire une raison. » Tu vas rester seule longtemps. Tu vas te heurter à des cœurs de bois. Ton règne est terminé, tu t'es trop prévalue de ta puissance, de ton aura.

Une petite serveuse cannoise t'a écrasée. Racines échevelées au vent, ton écorce éclatée de toutes parts montre ton bois vermoulu. Ouvre les yeux, Elula. Regarde ces rides, là, au coin de ta bouche, ces deux longues courbes d'avoir trop ri, toute ta vie. Maintenant, pleure. Tu es vieille, Elula, quarante-six ans, c'est déjà bien non ? Que veux-tu de mieux ? Que désires-tu de plus ? Une peau jeune et lisse contre laquelle te frotter ? Scandaleux ! Un corps ferme et plein à serrer contre toi ? Regarde-toi dans la glace ! Où est le corps superbe de tes trente ans ? Je me contemple dans la glace de la salle de bains et je me foudroie du regard.

Voiler les miroirs, comme aux obsèques juives. Mes origines soudain qui transparaissent. Voiler les miroirs de draps blancs pour l'enterrement de ma jeunesse. Nous sommes en deuil, et nos miroirs sont aveugles.

Et soudain, la révolte. Je caresse la ligne de mon sein. Il y a pire. Je caresse la courbe de ma hanche. Elle est voluptueuse. Je caresse ma peau. Elle est douce, soie de Chine, et je me souris.

Les rides d'expression, c'est cela qui fait un visage. La cellulite ? Mais Rodin, mais Maillol, et moi, je ne suis pas une femme de pierre. Ma chair est chaude, ma chair est palpitante, ma chair est ardente. Oui, je peux encore être aimée. Oui, je peux encore offrir mon corps.

Je vais changer de table. Celle-ci me porte la poisse. J'y ai perdu trop de plaques et de jetons. Changer de table et tourner la chance. Aveugle, colin-maillard, je tourne et elle ne me repère plus. Elle déverse à nouveau sur moi sa corne de bonheur. Oui, changer de table puisque à celle-ci, les jeux sont faits. Brûler mes vaisseaux derrière moi, « Attila le fléau des rats », la terre brûlée. Je ne suis plus qu'un tison noirci, vieille branche consumée, et le rimmel qui coulait hier sur mes joues, n'était-ce pas seulement cela ? Du noir de fumée ?

Il faut ressusciter. Chasser les sortilèges, rôtir le visage grimaçant d'Alice, faire s'évanouir en fumée le visage buté et hostile d'Isabelle. Je suis un brandon où les jeunes pousses perceront demain sous la couche noircie. Le printemps est fini, mais il reste l'été, l'automne... l'hiver est loin encore. Il faut revivre, essayer...

Essai malheureux. Essai fiasco. Un flirt ancien qui passait à Paris. Le désir effréné de m'endormir de nouveau auprès d'une femme. J'ai froid aux os, à la chair, au ventre, aux lèvres, aux doigts.

— Laisse-moi rentrer avec toi... J'ai besoin de tendresse...

Nous avons refait l'amour dans la chambre impersonnelle et froide d'un hôtel international. Les gestes nous sont venus naturellement, après que, blottie contre elle, je lui ai conté brièvement pourquoi j'échouais ainsi sur sa grève. Nous nous sommes embrassées. J'avais gardé d'elle un souvenir éblouissant mais là, dans le petit matin, nous ne fûmes que l'ombre de nous-mêmes. Elle faisait une B.A. et moi j'usais d'elle comme d'un verre d'alcool...

Nous nous caressâmes poliment, gentiment, nous avons même joui un peu.

Je fus apaisée de savoir que mon ventre n'était pas desséché, que mes sources n'étaient pas taries, que je savais toujours les gestes et pouvais les accomplir sans entendre les dieux ricaner dans le ciel des lits.

J'étais nue, je m'étais déshabillée et je n'avais pas honte de mon corps, l'idée ne me vint pas d'une pénombre complice ou d'un drap pudique. Je n'avais pas changé, ces deux mois n'avaient pas été deux siècles, je vivais, je respirais, je jouissais.

Mais la chair est triste, mes bien chères sœurs, lorsque la foi en nos déesses ne nous habite plus, amen...

Je me suis relevée tout doucement, tandis que mon amie dormait encore. Je me suis rhabillée en silence et je suis partie, évitant de faire claquer la porte. J'avais laissé un mot sur la table de chevet : « Merci. »

Elle avait compris, elle comprendrait.

6.

En quittant l'hôtel et ma compagne d'une nuit, amicale et insuffisante, je remarquai avec joie que dehors il faisait doux. L'hiver approchait de sa fin. Je repris ma voiture et traversai la Seine pour rentrer chez moi. Je ne pouvais éviter de passer devant l'immeuble où « elles » dormaient, sans doute étaient-elles serrées l'une contre l'autre... Le chien Victor avait-il conservé cette détestable habitude de s'insinuer entre les corps pour y passer la nuit ?

Mais non, comment avais-je pu oublier, moi qui connais tout de sa vie ! C'est la semaine du salon du prêt-à-porter. Isabelle est donc porte de Versailles depuis neuf heures du matin. Elle va travailler toute la journée dans une ambiance surchauffée, survoltée, harassante. Ce soir, elle rentrera épuisée, à sept heures. Qui va la chercher à la sortie ? On ne trouve jamais de taxi, c'est la panique, la bataille; j'allais toujours la prendre, je l'attendais dans ma voiture, je voyais défiler des filles longues, minces, sophistiquées, à l'avant-garde des modes, leur beauty-case à la main, je les regardais. Parfois j'en trouvais une plus remarquable, mais aucune comme la mienne; aucune aussi jolie, aucune qui me fît battre le sang un peu plus vite. Des hommes étaient là, qui attendaient leur petite amie mannequin. Cela m'amusait de me trouver parmi eux à attendre moi aussi une femme avec qui je faisais l'amour. J'imaginais leur tête s'ils avaient deviné, leur étonnement.

Qui va la chercher maintenant ?

Je l'ai vue rentrer hier au soir. Elle s'est déshabillée, elle a dû prendre un bain très chaud, puis elle est revenue sur mon écran... Elle s'est allongée nue, sur leur lit. L'autre l'a massée. C'est moi qui le faisais, longuement, pour détendre ses jambes et son dos douloureux d'avoir tant piétiné toute la journée.

Isabelle est au Salon, mais l'autre doit dormir, là, à portée de fusil de mon propre lit...

En passant le pont, je ne pouvais pas ne pas découvrir une affiche immense vantant le Club Méditerranée... C'est elle, courant, riant, sur une plage ourlée de blanc, ses longues jambes couleur de sable, ses cheveux fous, son sourire, les cocotiers, la mer couleur émeraude, la carte postale chromo à pleurer...

Pourtant les larmes me viennent aux yeux. Je suis encore prisonnière de la vacancière heureuse qui vous invite à l'évasion. Ces photos, elle les a faites l'année dernière, à la même époque. Je l'avais accompagnée... Abidjan... J'avais reçu en sortant de l'aéroport une bouffée d'air d'Afrique en plein visage. J'avais fermé les yeux, bouleversée. En un instant, je venais de retrouver toutes les odeurs de l'Asie de mon enfance. J'avais serré la main d'Isabelle, trop émue pour parler. Je lui avais seulement murmuré : « L'Indochine... la même odeur... »

Je lui ferai connaître l'Asie, mon pays, je l'emmènerai dans les rues d'Hanoï, à la recherche de la gamine dégingandée qui s'accroupissait au bord des trottoirs pour avaler en cachette les soupes fumantes des marchands ambulants, ou des morceaux de durion ou de canne à sucre, ou des goyaves ou des mangoustans.

Des fleurs, des plantes que je n'avais pas revues depuis trente ans, dont j'avais oublié jusqu'à la forme, jusqu'à l'odeur, je les ai retrouvées là, à chacun de nos voyages en Afrique. Dakar m'a rappelé Hanoï la quiète, et Abidjan, Saïgon la survoltée.

Isabelle découvrait l'outremer, moi je le retrouvais à travers ses regards émerveillés.

Sur les plages, les Noires, reines indolentes, portaient sur leur turban des cuvettes d'émail multicolore remplies de noix de coco récemment cueillies. Elles les fendaient d'un geste précis de leur coupe-coupe. Ma danaïde renversait son visage, levait la noix ouverte au-dessus de sa tête et en laissait couler le lait sur son visage, ses épaules, ses seins, son corps tout entier. Cacao, tabac, cannelle, sa peau luisait au soleil et j'avais envie de boire sur elle, de la lécher, tandis que la vendeuse, hiératique, repartait avec une lent déhanchement.

Nous supportions mal, durant nos escapades en Afrique, de ne pas être seules.

Aux séjours chez sa mère, à « Abidjan-City » avec tournées des bars des « copines » et grandes bouffes rigolardes avec les « copains », nous préférions le club d'Assinie, où nous nous isolions dans la foule, une fois écartés sans équivoque les « G.O. » en ébullition dès l'apparition d'Isabelle.

Ils acceptaient mal, comme tous les hommes, que cette fille superbe et féminine soit lesbienne, et exclusivement. Je sentais sur moi leurs regards de rancœur et d'incompréhension. J'en souriais. Que m'importait leur opinion. C'est moi qu'elle aimait et c'est contre moi qu'elle dormait le soir, pas contre leurs torses bronzés et puissants.

Ils la délaissaient vite pour des conquêtes plus faciles. A nouveau, rien n'existait plus, sinon la mer, le sable, le soleil, les cocotiers bruissants, les coquillages délicats dont je couvrais son corps étendu comme d'autant de parures, dessinant sur sa peau des cartes du Tendre tropicales. Toute l'Afrique des mers et des lagunes, toutes les senteurs de poivre et d'épices étaient de nouveau pour nous seules.

J'essuyai mes yeux, frottai mes paupières. Plus jamais l'Afrique avec toi, mon petit, mon enfant, mon amour ? Paris est triste et froid. La ville est morte sans toi... L'hiver ne se terminera jamais, il ne fera plus jamais doux à Paris.

7.

« *De l'autre côté de la rue*
il y a une fille,
une belle fille, la, la, la »

Curieusement, je n'ai jamais croisé cette belle fille que j'ai tant aimée, cela fait pourtant presque deux mois qu'elle habite à côté de chez moi, d'où je la regarde, d'où je les vois, vivre, le cœur lourd, les yeux brouillés de larmes...

L'autre soir, Isabelle est enfin venue au *Kat* avec Annie, une de ses amies mannequin.

Elle est maigre, ses grands yeux noirs dévorent tout son visage. Un petit oisillon. Sa fragilité me frappe au cœur, une nouvelle fois.

— Ça va ?

— Ça va, et toi ?

Sourire poli, banal. Une cliente comme les autres ?

Elle danse, elle boit, elle est naturelle, apparemment, et décontractée. Rien ne s'est donc passé ? Ai-je rêvé ? Elle va se lever tout à l'heure, partir, me dire « ne rentre pas trop tard » et je la retrouverai à la maison...

Non. Je n'ai pas rêvé tout ce cauchemar. Elle est là, mais ce n'est plus *mon* Isabelle. Je ne reconnais pas ce bracelet, je ne connais pas cette coiffure nouvelle. Une belle étrangère, une inconnue qui me laisse un goût de nostalgie.

Je ne la regarde pas danser. Ostensiblement, je tourne le dos à la piste. Je connaissais trop les scénarios de séduction et de mort. Combien de fois assise au bord de la piste, ou appuyée contre un pilier, l'ai-je contemplée dansant au milieu des autres, toujours souveraine, toujours la plus belle, la plus désirable, la plus gracieuse. Elle sentait mon regard, jouait les indifférentes, allumeuse et femme jusqu'au bout de ses doigts effilés, chargés de bagues. Nous n'étions pas les seules à jouer ainsi les scènes de charme et de désir. Les autres femmes agissent de même. C'est un délicieux manège, un marivaudage plein de beaux gestes et de regards profonds. Profitant des glaces qui leur renvoient de partout leur image, les danseuses, mi-Narcisse, mi-Salomé, s'admirent et séduisent celles qu'elles aiment ou qu'elles ont envie d'aimer. Que de regards à la dérobade, que de regards dérobés.

Ce temps n'est plus. Isabelle est une étrangère, elle *doit* savoir que je ne souffre pas d'elle et qu'elle ne me charme plus.

Elle est repartie, toujours souriante. Je lui ai dit « au revoir. Reviens quand tu veux — avec Annie — ça me fait plaisir que tu reviennes. »

Pourquoi était-elle venue sans Alice ? Je l'ignorais tout en me réjouissant. Peut-être les choses allaient-elles mal entre elles ? J'en voulais terriblement à Alice, elle m'avait noircie, éclaboussée, salie; elle m'avait fait perdre l'estime de certaines de mes amies; je passais pour une don Juane mûre qui cachait ses échecs derrière des mensonges. Quelle ne fut donc pas ma joie lorsque tout le monde apprit enfin la vérité sur notre « liaison »...

La scène se passe au *Kat*, à l'ouverture, quand le personnel est encore seul.

Colette termine une longue explication d'où il ressort qu'Alice, soûle, hier soir, a parlé devant l'amie de Colette qui a enregistré l'histoire et la lui a livrée toute chaude :

LA FILLE à Alice avachie devant son verre : B'soir. T'es seule ?

ALICE : Ouais... tu prends un verre ?

LA FILLE : T'es pas avec Isabelle ce soir ?

ALICE : Non. Si tu veux, on rentre ensemble ?

LA FILLE : Ben non ! Et ta copine ?

ALICE : Pas d'importance. Isabelle, je la tiens comme ça ! (Elle fait claquer ses doigts.) Elle est aux ordres ! D'ailleurs (un temps), Elula aussi, je l'avais aux ordres. Comme ça ! (Reclaquement des doigts.)

LA FILLE : Elula ? La patronne du *Kat* ?

ALICE : Vouais... Elles me faisaient du gringue toutes les deux, alors j'ai fini par choisir Isabelle parce qu'elle est plus jeune et plus belle, mais Elula faisait mieux l'amour.

LA FILLE : Comment que tu le sais ?

ALICE : Parce que j'ai couché avec les deux, tiens !

Fin du récit de Téramène.

Les filles du *Kat* restent muettes. C'est Momo qui rompt le silence :

MOMO : Je vous l'avais bien dit qu'Elula avait tous les défauts qu'on veut, mais qu'elle ne mentait jamais.

MARYEM : Je vous l'ai toujours dit que c'était de la merde cette Alice.

PASCALE : La garce ! Elle m'a vraiment eue celle-là. J'avais vraiment fini par la croire ! Enfin, on va raconter ça à Elula tout à l'heure. Je crois que ça lui fera plaisir.

Si cela m'a fait plaisir ? J'aurais pleuré de soulagement. Enfin il n'y aurait plus au *Kat* cette ambiance équivoque qui régnait depuis deux mois. Enfin j'étais réhabilitée. Seznec revenait du bagne, Cayenne n'était plus qu'un mauvais souvenir.

De tout ce gâchis, de toute cette boue, on ne parlerait plus, désormais, au *Kat*.

Seule Isabelle demeurait embourbée, marrie, désorientée.

– Promettez-moi une chose, demandai-je aux filles après leur avoir dit ma joie. Ne parlez pas de tout cela à Isabelle. Ce n'est pas la peine de lui faire mal... Elle l'a d'ailleurs toujours su, j'en suis certaine, mais elle ne veut pas le reconnaître c'est tout...

Je suis Elula. Je n'ai pas menti. J'ai retrouvé ma place dans l'estime des gens qui m'entourent. Mon corps est un peu vide, mon cœur un peu douloureux lorsqu'on insiste trop, mais je suis Elula.

8.

Tout s'est déroulé si vite que la suite de cette histoire est restée gravée dans ma mémoire comme une succession de scènes vécues ou rapportées, de bribes de dialogues et d'impressions confuses qui constituent un puzzle dont la figure d'ensemble est la mienne, enfin reconstituée après ce trop long cauchemar.

Isabelle est arrivée hier soir au *Kat*, le cou marqué d'une longue zébrure, le poignet endolori. Elle me dit en riant nerveusement :

– On s'est battues.

Je ne réponds pas.

Elle avait osé la toucher, lui faire mal. Insupportable. Moi seule en avais le droit. Et quoi, seulement quelques gifles à l'enfant gâtée qu'elle était, quand elle avait trop joué avec mes nerfs, comme un chaton qui reçoit une tape sur le museau pour avoir trop longtemps égratigné vos mollets ou mordillé vos doigts.

Il était intolérable qu'Alice la frappât. Je ne savais pas comment lui dire que j'avais mal, que j'avais envie de détruire leur union dérisoire, de donner un coup de talon dans leur fourmilière précaire, de chasser Alice.

Je n'osais pas.

Mon orgueil toujours aussi grand...

Elle m'avait laissée, malgré tous mes efforts pour la retenir. A elle maintenant, si elle le désirait, de me reprendre. Moi, je ne ferais plus un geste.

On ne bâtit pas un couple sur la rancœur, mon petit, on ne vit pas avec quelqu'un « contre » quelqu'un d'autre, à cause d'un dépit.

Mais tu dois l'apprendre toute seule. Moi je ne peux plus rien pour toi, que ronger mes poings et bouillir de désir de vengeance. Non, même pas. Si j'acceptais que tu reviennes, que m'importeraient les sentiments d'Alice ? Je ne te brandirais pas comme une victoire. Je te prendrais dans mes bras et t'emporterais dans notre tanière que tu n'aurais jamais dû quitter. Reviens mon petit, mon enfant, mon amour. La maison est chaude, ta chambre est vide, mais nous la remplirons à nouveau. Les boutiques sont pleines d'animaux en peluche qui n'attendent que ton désir, je pillerai pour toi les étalages de pacotilles, nous dévaliserons les magasins de colifichets, nous reconstruirons ta caverne d'Ali Baba...

Mais je ne dis rien. Non. Je ne veux plus rien savoir. J'ai la nausée de tout ceci. Cela ne me concerne plus. D'ailleurs, elle ne me demande rien. Elle a pris un verre, elle a dansé un peu, et puis elle est repartie.

Le personnel semble ravi de la revoir. Elles sont toutes gentilles avec elle, comme si rien ne s'était passé. Je leur en sais gré.

Le lendemain, je trouvai un mot glissé dans ma voiture. Sa longue et fine écriture penchée me disait :

« La tristesse, l'amertume, le regret de ta présence. Les yeux grands ouverts en face d'un merveilleux souvenir : celui de ton visage. »

J'avais toujours été étonnée par ses lettres. Elle écrivait mieux qu'elle ne parlait. Comme tous les gamins de son âge, avec trois « vachement », deux « tu vois c'que j'veux dire » et quelques borborygmes, elle vous faisait une conversation. Tandis que ses lettres étaient douces, sensibles, souvent belles. Est-ce la timidité; ou une sotte pudeur qui l'empêchait de s'exprimer aussi bien qu'elle écrivait ?...

Je relisais ce court billet qui voulait dire tout et rien.

Non, je ne m'attendrirai pas. Qu'espère-t-elle ? Que veut-elle ? Qu'attend-elle de moi ? Que je lui ouvre mes bras et mes portes à deux battants ? Que j'égorge le veau gras sur l'autel du *Katmandou* pour le retour de la princesse au bois couchant ? Je ne crois pas aux raccommodages, ma petite fille. « Le vase où meurt cette verveine » etc., c'est cela la réalité. Mon cœur est fêlé à tout jamais. Ce que j'éprouve pour toi, le sais-je moi-même exactement ? Tendresse, rancune, pitié, qui l'emporte en moi ? Nous sommes écorchées vives, mais je ne veux lécher que mes propres plaies.

Je pliai le billet et le mis dans ma poche.

Alice est entrée en titubant à l'*Étrier*.

– T'as pas vu Isabelle ?

– Non, répond le barman. Tu l'as perdue ou quoi ? Ça fait deux jours que tu la cherches...

– Bon. Si tu la vois, tu lui diras de rentrer tout de suite à la maison, sinon ça va barder pour son matricule.

Isabelle et Annie étaient au *Kat*. En sortant, elles aperçoivent Alice qui les attend sur sa moto, de l'autre côté de la rue; elle met pied à terre, enlève sa ceinture, l'enroule autour de son poignet et s'avance, menaçante, vers les deux filles, celles-ci, paniquées, s'engouffrent à nouveau dans le *Kat*.

Isabelle est venue vers moi. Ses grands yeux dévorent tout son petit visage amaigri. Elle a l'air inquiet.

– J'ai peur, Elula. Elle m'a encore frappée ce matin. Aide-moi...

Elle l'a dit ! Elle m'a demandé de l'aider. Elle a prononcé ce que je brûlais d'entendre, sans le savoir. Ma petite fille a peur.

Je pose ma main sur son épaule.

– Ne crains rien. Nous sommes là.

Il y a Aimée, il y a Sam qui passe presque chaque soir, soucieux de mes santés physique et morale. Il y a là la seule véritable famille : celle du cœur.

Revenue parmi nous, Isabelle ne risquait plus rien. Elle m'appelait à l'aide et don Quichotte accourait, balayant le don Juan malade et bafoué.

Nous nous concertons. Nous tenons un conseil de famille.

Je suis d'avis qu'il faut qu'Isabelle s'en aille, comme elle en avait l'intention.

La situation a bien changé depuis un mois. Je ne suis plus la victime. Je prends les initiatives, à nouveau. J'ai retrouvé mon battant et ma hargne.

Nous sortons. Devant l'artillerie lourde : Sam. Puis Isabelle et moi, suivies d'Aimée. Momo et Maryem passent leur nez à la porte, prêtes à intervenir.

Mais je sais qu'il n'arrivera rien. L'heure des scandales est passée. Alice est monstrueuse, ses motivations resteront toujours un mystère pour moi, mais elle sait certainement qu'elle a perdu la partie.

Nous remontons vers la rue de Rennes où sont garées nos voitures.

Alice, campée sur sa moto, nous observe. C'est la première fois que je la revois de près. Comme la haine et l'alcool enlaidissent un visage...

Je la regarde dans les yeux. Ou bien valait-il mieux l'ignorer ? Je m'arrête. Je souris à Alice comme on sourit avant d'écraser le moustique qui vous énerve depuis un moment et qui vient enfin de se poser sur le mur.

— Vous irez chercher vos petites affaires demain avant qu'on ne fasse changer les serrures de votre nid d'amour. Ce soir, Isabelle restera chez moi...

Elle me regarde à peine. Elle fixe intensément Isabelle et puis murmure, les dents serrées :

— Bande de connes ! Je vous ai quand même bien baisées !

Elle fait ronfler sa monture et disparaît de nos vies aussi brusquement qu'elle y était entrée. Nous reprenons notre marche suivant le même chemin que ce douloureux matin de décembre, mais ce n'est plus moi qui porte la croix.

Isabelle monte dans la voiture de Sam, Aimée auprès de moi.

Nous rentrons en suivant la Seine. Paris est vide et froid. L'eau coule épaisse et noire comme du mercure; les réverbères sur les ponts, les péniches accostées, le couple de clochards dans sa cabane en carton sous le pont de l'Alma, tout est là, rien n'a changé sur mon parcours de nuit. Pourtant je regarde différemment ces lieux quotidiens qui ont vu tant de larmes.

Une fois arrivées devant notre immeuble, Isabelle descend de la voiture de Sam et s'approche de la mienne, je baisse la vitre, et d'un geste que je veux naturel lui tends les clefs :

– Va, Isabelle, monte. Je vais garer la voiture, lui dis-je d'un ton calme.

Pour saluer Aimée et Sam qui retournent au *Katmandou*, je porte ma main à mes lèvres avant de l'agiter dans leur direction.

Je sors dans la nuit; je lève la tête vers mon appartement au moment même où s'en éclairent les fenêtres...

J'ignore ce qui se passera demain, dans six mois, dans un an... Me voici aujourd'hui, plus libre qu'hier; le froid du soir ne m'a pas encore recouverte, je vis.

Éditions Ramsay

Ouvrages publiés au 30 mai 1980

Documents, Essais, Histoire

VENDANGES AMÈRES, Emmanuel Maffre-Baugé.
MA ROUTE ET MES COMBATS, André Bergeron.
DUEL ROUGE, François Missoffe.
MENDÈS FRANCE, Alain Gourdon.
PROPOS DE MAUVAIS GOÛT, Julien Cheverny.
LA LIBERTÉ TOMBÉE DU CIEL, Henri Deplante.
QUESTIONNAIRE POUR DEMAIN, Jean-Louis Servan-Schreiber.
LA GAUCHE PEUT SAUVER L'ENTREPRISE, Jean Matouk.
POUR UNE POIGNÉE DE BOUDIN, Serge Adam.
EUROPES, Jacques Huntzinger.
DOSSIER NÉO-NAZISME, Patrice Chairoff.
SOLUTIONS SOCIALISTES, Serge-Christophe Kolm.
20 h 07, 19 MARS 1978. LÉGISLATIVES : LA GAUCHE BATTUE, Frédéric Moreau.
CLUBINOSCOPE 78, Gérard Carreyrou, Richard Artz et Martine Marcowith.
ET SI ON ALLAIT FAIRE UN TOUR JUSQU'A LA POINTE ? Ou dix ans d'histoire des Français en vacances et en voyages, Jean-Francis Held.
LE PULL-OVER ROUGE, Gilles Perrault.
DÉFI DU MONDE. CAMPAGNE D'EUROPE, Edgard Pisani.

LE POUVOIR INTELLECTUEL EN FRANCE, Régis Debray.
LA BEAUTÉ DU MÉTIS, Guy Hocquenghem.
HISTOIRE DU SOLDAT, DE LA VIOLENCE ET DES POUVOIRS, Alexandre Sanguinetti.
L'ARME DU RIRE. L'HUMOUR DANS LES PAYS DE L'EST, Viloric Melor.
VINCENT MOULIA, LES PELOTONS DU GÉNÉRAL PÉTAIN, Pierre Durand, préfacé par Armand Lanoux.
CALINE, Serge Delarue.
LES FEMMES PRÉFÈRENT LES FEMMES, Elula Perrin.
TANT QU'IL Y AURA DES FEMMES, Elula Perrin.
ATTENTION CAMPAGNE ! Franz-André Burguet.
LA VIE À BOUT DE BRAS, Michel Lardy.
TON AVENTURE, PEUPLE DE GAUCHE 1920-1979, Guy Perrimond.
78, SI LA GAUCHE L'EMPORTAIT, sous la direction de J.-F. Held.
DAME L'ÉCOLE, André Henry.
IL ÉTAIT PLUSIEURS « FOI », Monique Gilbert.
POUR QUELQUES CHRÉTIENS DE PLUS, Claude Gault.
JOUER AU PAPA ET À L'AMANT – DE L'AMOUR DES PETITES FILLES, Nancy Huston.
MÉMOIRES, Madame Campan, première femme de chambre de Marie-Antoinette.
DES FOUS DE MER, Henri Bernard, Ramsay « image ».
BABOUCHKA, Marina Vlady, Hélène Vallier, Odile Versois, Olga Baïdar-Poliakoff, Ramsay « image ».
LA VIE AVANT LA VIE, Hélène Wambach. Ramsay « image ».
LE FOOTBALL-BUSINESS, Daniel Hechter, Ramsay « image ».
MÉMOIRES VOLÉES, Jean-Hervé Lorenzi, Eric Le Boucher.
LES APPRENTIS SORCIERS, J. Rifkin et T. Howard.
LE P.C.F. DANS LA GUERRE, Stéphane Courtois.
LES INDIENS DU CANADA, Sabine Hargous.

CONFESSIONS D'UN PROFESSIONNEL DE LA TORTURE. La guerre d'Algérie... Jean-Pierre Vittori. Ramsay « image ».
L'AFFAIRE PETIOT, Jean-François Dominique, Ramsay « image ».
UN CHATEAU EN ALLEMAGNE, Sigmaringen 1944-45, Henry Rousso.
LE CAS WALLENBERG, Jacques Derogy.
LES POUVOIRS DU MAGNETISME, Emile Wanono. Ramsay « image ».
ASTROLOGIE ET SEXUALITE, Judith Bennett. Ramsay « image ».
LA POUDRE. CONFESSIONS D'UN REVENDEUR D'HÉROINE. Léon Serguine.
ANTIGUIDE DE MOSCOU, Alexandre Dimov.
LES AVENTURES DE MA VIE, Henri de Rochefort.
HAENDEL, Janine Alexandre-Debray.

Collection « L'âge de... »

LA JEANNE D'ARC EST ROUILLÉE, Jacques Krier.

Romans, Récits

DEVENIR CÉCILE, Lionel Rocheman.
FORTERESSE SOLITUDE, Pierre Barluet.
DE QUEL AMOUR BLESSÉ, Huguette Maure.
LE PRIX D'UNE MÈRE, Ferdinand Freed.
SI L'ON POUVAIT PARLER D'AMOUR ET RIRE ENCORE ! Chantal Demaizière.
ALLIGATOR, Shelley Katz.
SOUVIENS-TOI, ELÉONORE ! Caroline Babert.
ORCA, Arthur Herzog.
ENTRE DIEU ET DIABLE, Emmanuel Maffre-Baugé.
LA GUARDIA AIRPORT, Pierre de Plas.

CEREBRO, L. Frédefon, J. Davin.
LES JOURS TROP BLEUS, Pierre Dumoulin.
LE JUGEMENT DE POITIERS, Jean Demélier.
PLUS TARD AU BORD DU LAC, Marcel Domerc.
LE FILS-MÈRE, Gail Parent, traduction Erik Kahane.
LE DÉSERT DE L'IGUANE, Alain Dubrieu.
STALINODIE, Pierre Hulin.
UN LYCÉEN A BUCHENWALD, Jacques Bailly. Ramsay « image ».
RÊVE D'INCESTE, Elisabeth Mesner. Ramsay « image ».
RAHEL, MA GRANDE SŒUR, Clara Malraux.
BALLADE POUR UN PÈRE, Xavier Emmanuelli.
MARIE, Annick Bernark.

Domaine Romanesque

LA TABLE D'ASPHALTE, Rezvani.

Collection « Mots »

BALACE BOUNEL, Marco Koskas.
LE CAILLOU, Clarisse Nicoïdski.
RIDES, Charles Simmons, traduction Gilles Chahine.
LE MARIN BLANC DU PRÉSIDENT, Jérôme Charyn.
LES HOMMES-SPIRALES, Nicole-Lise Bernheim.

Mémoires de Saint-Simon

1-1691-1694, Présenté par F.-R. Bastide.
2-1695-1699, Présenté par Ph. Erlanger.
3-1699-1702, Présenté par le duc de Castries.
4-1702-1705, Présenté par J.-L. Curtis.
5-1705-1707, Présenté par J. de Lacretelle.
6-1707-1709, Présenté par Sainte-Beuve.
7-1709-1710, Présenté par E. Le Roy Ladurie.

8-1710-1711, Présenté par Hippolyte Taine.
9-1711-1713, Présenté par Didier Martin.
10-1713-1714, Présenté par Barbey d'Aurevilly.
11-1714-1715, Présenté par André Maurois.
12-1715-1716, Présenté par Henri de Montherlant.
13-1717-1718, Présenté par le duc de Lévis Mirepoix.
14-1718, Présenté par René Girard.
15-1718-1720, Présenté par Erik Orsenna.
16-1720-1721, Présenté par J.-C L. de Sismondi.
17-1721-1723, Présenté par Ph. Sollers.
18- Table alphabétique générale des Mémoires.

Collections « La Vie Antérieure »

HENRI QUATRE, Gaston Bonheur.
CALLAS, UNE VIE, Pierre-Jean Rémy.
L'ENRAGÉ, Dominique Rolin.
CORTÈS OU LE COMBAT DES DIEUX, Jean Duché.
LES CINQ GIROUETTES, Jean-Louis Bory.
JULIE DE LESPINASSE, MOURIR D'AMOUR, M.C. d'Aragon, Jean Lacouture.

Collection « Reliefs »

Philippe Ariès présente : LA CIVILITÉ PUÉRILE, Erasme.
André Fermigier présente : TROIS MAITRES, Alexandre Dumas.
Michel de Certeau présente : LES GRANDS NAVIGATEURS DU XVIIIe SIÈCLE, Jules Verne.
Henri Guillemin présente : DE L'ABSOLUTISME ET DE LA LIBERTÉ, F. de Lamennais.
Dominique Fernandez présente : TRAITÉ DES EUNUQUES, Charles Ancillon.
Michel Tournier présente : ESSAI SUR LES FICTIONS, Germaine de Staël.

Gérard Guégan présente : THÉORIE DE L'AMBITION Hérault de Séchelles.

Beaux Livres

ISRAËL, OMBRES ET LUMIERES, sous la direction de Joseph Kessel.
CHEFS-D'ŒUVRE DE LA PHOTO ÉROTIQUE.
ANTHOLOGIE DU VERS UNIQUE, Georges Schéhadé.
LA DERNIÈRE MODE, GAZETTE DU MONDE ET DE LA FAMILLE, Stéphane Mallarmé.
GUIDE PRÉCIEUX DES APHRODISIAQUES, Antoine Grenelle.
INTRÉPIDE EUROPE, Chenez.
L'OPÉRA de 1597 à nos jours.
Jean-Michel Royer présente : LES MÉMOIRES DE M. D'ARTAGNAN.
LUIS MARIANO, Jean-Louis Chardans, Ramsay « image ».

Collection « Nostalgie »

LES GRANDS GOALS DE L'HISTOIRE, Philippe Robrieux.
HISTOIRE DE PIAF, par Monique Lange.
LE VEL'D'HIV, Liliane Grunwald, Claude Cattaert.

Collection « Fureurs du Temps »

LA FRANCE À L'ABATTOIR, Pierre Bourgeade.
ASSEZ MENTIR, Vercors, Olga Wormser-Migot.
DIEU, QUE LA CRISE EST JOLIE ! Philippe de Saint-Robert.

Collection « Spectacle »

LE CENTRE POMPIDOU, UNE NOUVELLE CULTURE, Robert Bordaz.

LE CINÉMA ET MOI, Sacha Guitry. Présenté par F. Truffaut.

LETTRES SUR LA DANSE, NOVERRE. Présenté par Maurice Béjart.

Collection « Les Témoins du Sport »

FOOTBALL EN LIBERTÉ, Michel Hidalgo.

AVANTAGE FRANCE ! F. Jauffret – Ch. Quidet.

Guides Pratiques

OÙ JOUER AU TENNIS, Gilles Lambert, Michel Sutter.

GUIDE KRONENBOURG DE L'ALSACE AUTHENTIQUE, Jacques Legros. Nouvelle édition 1980.

BIEN MANGER PRÈS DES AUTOROUTES, Pierre Amalou.

BIEN VIVRE SA GROSSESSE, Pr Yves Malinas.

L'AIDE-MÉMOIRE DE LA JEUNE MAMAN, Marguerite Kelly, Elia Parsons. Ramsay « image ».

LA CUISINE AUX FRUITS, Marc Giniès.

PÂTES ET RIZ – 230 FAÇONS DE LES ACCOMMODER, Elmo Coppi.

MES TABLES DE FÊTES, 31 RESTAURANTS PARISIENS, Claude Olievenstein. Ramsay « image ».

JEUX, ASTUCES ET BRICOLAGE DE SOIZIC, Soizic Corne. Ramsay « image ».

« Les livres Femme Pratique »

LE CAHIER DE COUTURE DE MAMAN, Françoise Lebrun.

DÉCORS DE TABLE, Béatrice Malan, Marine Jaquemin.

LA NOUVELLE CUISINE POUR CHIENS, Béatrice de Goutel.

J'ACCOUCHE EN SÉCURITÉ, Docteur David Elia.

LES ENFANTS ET LE DIVORCE, Richard A. Gardner, présentation du Dr Julien Cohen-Solal.

LES VERTUS DES PLANTES, Maguelonne Toussaint Samat.

CES MERVEILLEUX DESSERTS, Alice Vogel

Cet ouvrage a été composé par EUROCOMposition S.A
et réalisé sur SYSTÈME CAMERON
par Firmin-Didot S.A.
pour le compte des Éditions Ramsay
le 7 mai 1980

Imprimé en France
Dépôt légal : 2e trimestre 1980
N° d'édition : 334 — N° d'impression : 6480
ISBN 2-85956-155-2

[illegible]
[illegible]
[illegible]
[illegible]